JN120359

爽快竜宮城

多地治雄
TACHI Haruo

文芸社

目次

第一章　春季峠の山桜

一

春とはいえ、まだ京都の朝は少し肌寒い。

高城と秋吉は車で日本海を目指して国道9号線をすっ飛ばしていた。

無口なハンドルに今日の行き先をひたすら語りかけて走った。

助手席でまどろんでいる秋吉に言った。

「昼だ、何か食べようか?」

やがて春季トンネルの手前の信号で停車した。

高城が行き先を日本海と決めたのは、途中で春季峠に立ち寄るためだった。

そこは十年前に決して十年後までは開けないと約束して玉手箱を受け取った場所なのだ。

「右折『春季峠』まで二キロ」の標識が見えた。

その脇に、峠の蕎麦屋の古い地図付きの看板が設置されている。

高城は秋吉の返事も聞かずに峠の蕎麦屋に向かった。

軽快に登ってカーブを曲がると、前に一台の車がのんびりと走っていた。

乱暴な連続クラクションで追い立てた。同じ京都ナンバーだった。

この車は秋吉が医大に合格した時に、父親の病院を継ぐという条件で買ってもらったものだった。

排気量の大きな外国製のスポーツカーだった。

だが彼は医大を中退して美大へ行き、今は高校で美術の教師をしていた。

慌てふためいて横に避けた車を追い越した。窓から若い女性がこっちを睨んでいた。

しばらく走ると、工事中の片側交互通行の信号で停車した。

バックミラーに先ほどの車が追いついて停車したのが見えた。

先ほど睨んでいた女性が身を乗り出すようにして、何か車の後ろをしばらくじっと見て笑っていた。

高城はそれが気になったが、信号が変わったので急いでアクセルを踏んだ。

木々の間から峠のてっぺんにある蕎麦屋が小さく見えた。

秋吉は春季峠に立ち寄った訳は何も知らない。彼の頭の中には趣味のスケッチと、蕎麦を食べることしか今は浮かんでいないはずだ。

峠道を登っていくと、秋吉が「あそこに見える桜の木がすごく綺麗だね」と言った。

艶やかな桜が春風に乗って二人を誘っているようだった。

高城は返事もせずに黙って村道に入り、大きな桜の木のある家の近くで車を止めると。

「ここの桜もいいけど峠にある桜も綺麗だよ」と秋吉に言った。

二人は車に乗ったまま桜のスケッチを始めた。

やがてスケッチを終えると、車を発進させて峠のてっぺんの蕎麦屋に向かった。

十年前は駐車場も雑草が生い茂る原っぱだったが、いまは整備されて、ここの桜も大きく生長していた。

車を降りた高城が辺りの景色を見回しながら懐かしんでいると、秋吉が自分と同じ蕎麦を注文しておくからと言って、先に一人で店に入って行った。

あの日、高城は三人の少女と十年間は開けない約束をして玉手箱をこの場所で受け取ったのだ。


高城が高校を卒業する数か月前だった。

先ほど追い越した車のエンジン音が、緑の風に乗って谷間から聞こえてきた。

車はどうやら村道に入ったようで、エンジン音は徐々に遠のいていった。

店の入り口から秋吉が顔を出して叫んだ。

「もうすぐ蕎麦ができるから早く来い」

本当は一人で待っているのが退屈だったのだ。

すぐ行くと言って、もう一度大空を見上げると、東の空から三羽の山雀（やまがら）が飛んできた。

そうだ、京都の大学に行く日の朝にもこの峠で山雀を見たのだった。なぜかあの時の自分の気持ちも一緒に帰って来た気がした。

その時、店から出てきた家族連れとすれ違った。小学生くらいの女の子と一瞬目が合った。

あの十年前の無垢な少女たちは、今どうしているのだろうと思った。

そして蕎麦屋の古い木製の戸に手をかけた。それは同時に、約束の思い出の戸を開けて店内に入ったということでもあった。

「いらっしゃい、奥の席へどうぞ」

店員が先に入っている秋吉の席へ案内してくれた。

二人は並んで蕎麦が出来上がるまで話をして待っていた。すると店員が「相席一人お願いできますか」と聞いた。

「どうぞ」と答えると、一人の若い女性が「すみません、相席お願いします」と二人の前に座った。

女性は二人の話を聞かないふりをして蕎麦が出来上がるのを待っていた。

やがて彼らの注文した蕎麦が運ばれて来た。二人は相席の女性のことなど全く気にせず話をしながら、蕎麦を食べ始めた。

聞こえて来た話では二人は大学時代の親友らしい。

彼らは蕎麦を食べ終わると軽く会釈をして店を出て行った。

同時に相席だった女性、深川杏（ふかがわあんず）の頼んだ山菜蕎麦が運ばれて来た。

美味しいそばを食べ終えて窓から見える風景をぼんやりと眺めていたら杏には子供の頃の記憶がよみがえって来た。

まず一番に村の竜宮城がおぼろげに見えた気がした。

言い伝えによると、昔、長老が若者の社交場として廃屋を開放して竜宮城を作ったのだという。

その場所を「茅葺屋根の城」と呼んでいたが、〝城〟は戦いを想像させるので女性が寄りつかなかった。

そこで平和な〝竜宮城〟と呼ぶことにした。

村の若者は竜宮城ができたと喜んだ。

だが時代の荒波は竜宮城をも押し流して昔話となってしまった。

しかし今の時代にも、その話を大切にしている少女がいた。

それは晩秋の日曜日の竜宮城での出来事から始まった。

深川杏たちは小学校五年生になった時に、自分たちの竜宮城を作っていた。

風が村中に、冬だ、寒い冬が来るよとふれまわっている日の午後だった。

杏は小学校六年生になって卒業近くになったというのにまだ雪絵と七海を誘った。

「ねえ、今日も竜宮城に行こうよ」

そこは村の端にある使っていない小さな農作業小屋だった。

小屋で三人は、小学校の図書室で借りてきた世界のおとぎ話を夢中で読んだ。

何回も読んだのは、『浦島太郎』と『オズの魔法使い』だった。

三人は、物語の粗筋と台詞を丸暗記して、その世界に自由に出入することができるようになっていた。

杏は竜宮城の乙姫が、なぜ浦島太郎に玉手箱を渡して絶対に開けないでと言ったのか、この時は不思議だった。

子供ながらに思ったのは、乙姫が太郎の未練を玉手箱に入れておいた。だから開けないでと言って帰りに渡したのだと。

もし浦島太郎が約束を守って開けなかったら、この物語の最後はどんな結末になったのだろう？

普通は開けてはいけない物は渡さないはずだ。

杏は、きっと乙姫は太郎が絶対に開けると知っていて渡したのだと思った。

大人になれば、この不条理を理解できる日が来るのだろう。

だから杏は『オズの魔法使い』の方が好きだった。

その日も三人は、夕方まで小屋で学校の話をしたり、歌を唄って過ごした。

三人のリーダー的な存在の坂本雪絵（さかもとゆきえ）は、何事にも積極的だ。

歌も上手で、いつも一番大きな声で歌っていた。

杏は名前から『オズの魔法使い』の妹の「アズ」と呼ばれることがあった。

飯森七海（いいもりななみ）は、いつも杏と雪絵の背中に隠れて、歌も小さな声で歌っていた。

仲良しグループの中の男子は津田次郎（つだじろう）と白石健太（しらいしけんた）だったが、二人はさすがに小学六年生の終わりになると、サッカーに夢中でほとんど竜宮城には顔を出さなくなった。

そんな思い出の中でも絶対に忘れることが出来ない出来事がこの日に起きた。

辺りが薄暗くなってきたので三人は家に帰ることにして、雪絵を先頭に一列になって黄昏の畔道を無言で歩き、家路を急いだ。

山村の日暮れは想像以上に早い。村を囲む山々の向こうに怪しげな雲が三人を睨んでいた。

その時、一番後ろを歩いていた七海が叫んだ。

「大変、野犬がいっぱい！　囲まれている」

先頭の雪絵は前しか見ていなかったので野犬には全く気が付いていなかったが、三人は、すでに野犬の群れに囲まれていた。

少女たちは抱き合って泣きながら「誰か助けて！」と大きな声で叫んだ。

野犬はそれを楽しむかのようにさらに吠えて、今にも飛びかかろうと構えていた。

少女たちの叫び声に気が付いて、大きな桜の木がある家から高校生くらいの男の子が手にバットを持って走って助けに来てくれた。

三人は彼の背中にしがみついて泣いた。

彼は「大丈夫、大丈夫」と言って杏たちを安心させた。

それを聞いてかどうか、野犬はさらに大きな声で吠えた。

その時だった。野犬の親玉らしき一匹が彼にとびかかった。彼は、とっさに身をかわしたが、野犬の牙は腕の辺りを少し噛んで、ジャンバーを引き裂いた。

少女たちはびっくりしてその場にしゃがみ込んでしまった。

彼は心が優しい青年だった。追い払うのは声だけで、決して野犬をバットで叩くようなことはしなかった。

やがて野犬の群れは、彼の「あっちへ行け！　山に帰れ」のたびたびの叫び声で、渋々山の方へ帰って行った。

その叫び声に気が付いて、男の子の母親が飛び出して来た。

そして、「航、女の子はみんな無事だった？」と確認した。

「母さん、みんな無事だよ」と彼が大きな声で答えた。

母親は安心して、女の子たちを家に招き入れてお茶を飲ませて落ち着かせた。

そして彼に、「家まで送ってあげなさい」と言った。

杏たちはお母さんにお礼を言って、彼の背中を見ながら一列になって歩き始めた。

だがよく見ると、男の子の腕には少し血がにじんでいた。

気が付いた雪絵は、以前に怪我をした時に母親が教えてくれたようにハンカチで傷口を縛った。

彼は雪絵を見て「ありがとう。優しいね」と微笑んだ。

家の近い順に雪絵、七海、そして最後に少し離れている杏を送ってくれた。

杏は一人になっても安心して彼の背中について、土手の横をしばらく歩いた。

渡り慣れた小橋の袂まで来た時のことだった。突然、彼が振り向いて話しかけた。

「日曜日なのに、学校のグラウンドに遊びに行った帰りなの？」

「違います、自分たちが作った竜宮城に行った帰りです」

その時だった。山の向こうで先ほどから睨んでいた怪しげな雲がいつの間にか頭上にやって来ていた。そして、瞬く間に大粒の雨を降らせた。

彼は急いで杏の手を引っ張って、近くの使っていない水車小屋に入り、雨宿りをした。この水車小屋が出来る前、この場所にずーっと昔に廃屋を利用した竜宮城があったと噂で聞いたことがある。

先に家に帰っていた七海が、雨に気付いて二人分の傘を持って追いかけてきた。

やっと前方の水車小屋に入って行く二人の姿が小さく見えた。

七海は追いつくと、なぜか水車小屋の二人に声をかけずに裏の隙間から中の様子を窺った。

小屋の中では杏の髪を彼がハンカチで拭いていたのが見えた。

雨はさらに激しくなり、屋根にはね返って大きな音を発した。

雷の閃光が小屋の中を一瞬明るく照らして、二人の顔を浮かび上がらせた。

同時に粗野な雷音が重複して鳴り響いた。

杏は小さい時から雷が怖かったから必死で彼の胸にしがみついた。

彼は杏を優しく包み込んだ。

小屋の隙間から見ていた七海も、大きな音に一瞬目を閉じた。そして再び中を見た時には、杏の姿は彼の背中に隠れて見えなくなっていた。

再び閃光と大きな雷音が同時に近くで炸裂して、小屋の中に響き渡った。

杏は彼の胸に包まれながら一瞬気を失っていた。

どれだけの時が流れたのだろう？　彼が杏の耳元でつぶやいた。

「早生みかんだ」

杏はこの言葉ではっと気が付いた。唇に何か初めての感覚が残っていたと感じた。

「もう大丈夫だ」と彼が優しく言った。

小屋の外にいた七海には、二人の姿は見えるが声までは聞こえなかった。

やがて雨粒は役目を終えたように徐々に小さくなり、俄雨（にわかあめ）は去っていった。

外は風と雨ですっかり爽やかな空気になっていた。

少しずつ道の先が明るくなり、まるで舞台の幕が上がりこれからの物語の始まりの合図のようだった。

二人は黙ったまま杏の家に向かった。

七海はその様子を小屋の裏から全部見ていた。

だがなぜか小屋から出てきた二人に声をかけないで、二人の姿が見えなくなるまで小屋の後ろに隠れていた。子供ながらに何か見てはいけないものを見たと思った。

ところが小屋に入った二人と外の七海を、少し離れた家の二階の窓のカーテン越しに見ていたもう一つの人影があった。


彼が歩きながら突然手をつないだ。

きっと小柄な杏を、まだ小学生の低学年だと思ったようだ。

彼は杏に、「何年生？」と聞いた。

「小学六年です」

彼はなぜか少しうろたえていた。

家の前でお礼を言って彼を見送った。彼の後ろ姿を曲がり角で見えなくなるまで見ていた。

その時だった。耳元で何か音楽が聞こえた。

小学校では聞かない音楽だった。

後日、高校生になった頃に友人が聴いていた曲がこの時の曲によく似ていたので、少し恥ずかしかったが教えてもらった。バッハの「ブランデンブルク協奏曲」だと知った。

彼の姿が完全に見えなくなった時に、その音楽も消えていた。

家に入ると、杏は母親に杏たち三人が野犬に襲われたが男の子に助けてもらって家まで送ってもらった話をした。

母親は、「大きな桜の木がある家の子だね？　たしか高校生の男の子と母親の二人で暮らしている本郷さんだと思う」とつぶやいた。

以前に母親が村人から聞いた話では、その助けてくれた男の子の両親は、若い頃登山が趣味で知り合い大恋愛をしたらしい。そして母親の実家の反対を押し切って結婚したという。

母親の実家は、京都で病院を経営している裕福な家だった。

田舎で仕事をしていた彼との結婚話は、娘の父親が猛反対をした。娘には父親が進めていた医者との結婚の話があったのだった。だから父親は激高して娘を勘当した。

それでも二人は駆け落ち同然で春季村で幸せに暮らし、一人の男の子を授かった。

だがその男の子が六歳の時だった、父親は病気でこの世を去った。

そんな話を聞いたことがあったと杏の母親は思い出していた。

母親は、「明日、とりあえずお礼に行ってきます」と言った。

杏は、今日のことは竜宮城で起きたことなので、きっと野犬は物語に出て来る村のいじめっ子で、杏たち三人は亀で、助けてくれた男の子は浦島太郎だったのかもしれないと母親に話した。

母親はしばらく考えて、

「きっと絵本の中から飛び出してきたのよ。でも、助けた亀は一匹だけよね？　それと乙姫様はどこにいるの？」と笑っていた。

杏は母親に「わせみかん」とはどんなみかん？　と尋ねた。

「早生とはね、一番早く収穫して食べられるのよ。少し甘ずっぱいのよ」と説明をしてくれた。

杏は、「ふーん」とうなずいた。

次の日の夜に杏の母は本郷の家にお礼に向かった。

本郷の母は父親がこの世を去った時から、麓の小学校の臨時の教師をして生計を立てながら航を育てた。母親は京都の大学で教師の資格を取っていたのが役に立ったのだった。

杏の母はお礼を言ってすぐに帰るつもりだったが、お茶でもと誘われて話をした。

航の母が改めて夫の告別式のお礼を言った。そして、

「気が付いておられたと思いますが私の実家の京都からは誰も参列してくれなかったのです。

実は私は結婚の時に父親が猛反対をして勘当されていたのです」と話し始めた。

「航が小学校に入る少し前に父親が重い病気で麓の病院に入院をしていたのです。私の実家は京都で病院を経営していたのでお金を借りて都会の大きな設備のある病院にと考えました。毎日、航の手を引いて父親に会いに病院に通っていたのですが、ある日決心をして病院の前を通りすぎて、京都の実家の父親にお願いをして大きな病院に入る費用を工面しようと思ったので

す。

ところが父親は『勘当した娘など早く帰れ』と突き放したのです。いくら父の言うこと聞かずに結婚をしても血のつながった親子だからと必死にお願いをしました」

夫の病は重く、転院しても結果は同じと判っていても藁にもすがる思いだったと本郷の母は涙を浮かべた。

杏の母も同じように目頭を押さえた。

「何度断られても私は京都に行ってお願いをしたのです。何時も航を連れて行きました。母は私の横で同じように頭を下げる航を見ていてたまらずに部屋を飛び出して行ったのでした。

副院長の兄も父親には逆らえず椅子に坐って目を伏せて黙っていました。

頑固な父は最後まで許してくれませんでした。

私は最後に、『お父さんはそんなに高城の家の名誉や財産が大事ですか？　もう頼みません』と言って航の手を引いて実家の病院を後にしたのです。

門を出て駅に向かった時、後ろから母が走って来て航の手を握り、『ごめんね、航ちゃん』と言って封筒を握らせて逃げるように裏口から帰って行きました。

航はあの日の母の涙にまみれた顔をどうしても忘れられないといつまでも言っていました。

その封筒には五十万円が入っていたのです。母は父からだと言いましたがきっと母の臍繰りだと私はわかっていました。

私と航は裏口の方に向かって『ありがとうお母さん』、『ありがとうおばあちゃん』と頭を下げました。私はその時の航の悔しそうな顔がいつまでも目に焼き付いています」

とそこまで話すと「こんな話を聞いてもらってごめんなさい」と言ってお茶を入れ替えた。

杏の母親は「航ちゃんがきっといつか立派になってお母さんを喜ばせてくれますよ」と言ってなぐさめた。

航の母は、春季村に帰る前に京都の有名な『にしんそば』を食べて帰ろうと、航を店に連れて行ったと話した。

航にとっては初めての店だったが、航の母は子供の頃によく父親に連れてきてもらった店だと語った。そして、

「私はこれで父親と決別できると思ったのです」

しかし、二人が村に帰って十日後に航の父親はこの世を去った。

杏の母親が「よく覚えています立派な告別式でしたね」と言って涙ぐんだ。

「実は母がくれたお金で立派に送ることが出来ました。母はこの日を予期していたのだと思います」とそこまで話した時に、杏の母親はもう時間が遅いのに気が付いた。

そして何時もにもまして夜空に輝いている星を歩きながら見て家に帰った。

二日後の放課後杏たち三人は雪絵の家に集まって、野犬に襲われた時の怖かった話をした。

杏はあの雨宿りをした水車小屋での出来事は二人には話さなかった。

当然、七海も小屋の隙間から二人を見ていたことは黙っていた。

雪絵が、彼に会って三人でお礼を言おうと話した。そして母親に頼んで牡丹餅を作ってもらって四人で食べようと言った。

杏も、彼の家に持っていって一緒に食べようと提案した。

だが恥ずかしがり屋の七海は「行かない」と言った。

雪絵が、

「助けてもらったのは三人だよ。私たちが一緒だし恥ずかしくないよ。絶対三人で行かないと駄目だ」と少し怒った顔で言った。

杏も、「何も言わなくていいから」と言った。

そして何とか説得をして七海も渋々行くことになった。

次の日曜日の昼から行こうと話が決まった。

早速、雪絵の母親に頼んで航の母親に話してもらった。

高校生の航は少し子供じみた話だと思ったが無垢な少女たちの願いを受け入れた。

航の母親が「楽しみに待っています」と返事をくれた。

杏は、あの破れたジャンバーの代わりに、新しい上着を買ってプレゼントしたいと彼の母親に相談をした。

母親はしばらく考えて、「息子に聞いてほしい」と言った。

航は母親からその話を聞いた夜に夢を見た。竜宮城のようなところで三人の可愛い乙姫様に囲まれていた。

翌朝、母親にその夢の話をした。

母親はしばらく黙って何かを考えている様子だった。

そして突然、「三人の女の子たちからジャンバーの代わりに、この村に伝わる竜宮城の玉手箱をもらったら」と笑いながら言った。

「それを十年後まで開けない約束をして、三人が大人の乙姫になるまで待っているよ、と伝えたらきっと喜ぶよ」と言ってまた笑った。

でも彼は、子供だましの玉手箱なんかいらないと思った。

母親は、「その玉手箱に、私も入れたい手紙があるの。一人前の社会人になったら必ず開けて、私の手紙も見てね」と今度は真剣な顔で言った。

日曜日の朝から三人は雪絵の母親に手伝ってもらい、美味しそうな牡丹餅をたくさん作った。

助けてくれた男の子の名前は「本郷航」で、高校三年生だと雪絵の母親が教えてくれた。

雪絵の母親の話によると、三人を送った後で近所の人の車で麓の病院に行って、腕を治療してもらったということだった。

三人は彼の家に行った時に航にジャンバーをプレゼントしたいと話すことにした。その日の昼過ぎに、本郷の家にできたての牡丹餅を持って向かった。

「航、三人の可愛い乙姫さんが来られたよ」

母親が優しく迎えてくれた。

航は「待っていたよ」と言って、自分の部屋に通してくれた。

三人は恥ずかしそうに車座に座っていた。

そこへ航の母親が、少女たちの作った牡丹餅と村の香りがするお茶を運んで来てくれた。

航がそれを見て「おいしそうなおはぎだ」と言った。

雪絵が「これは三人で作った牡丹餅です」と言った。

すると、航が笑いながら、

「ところによって違うけれど、春には牡丹が咲くので牡丹餅で、秋には萩が咲くのでおはぎと呼ぶのだよ」

と教えてくれ、三人は初めて知った。

「でも君たち三人は、いつの季節も可愛い乙姫だよ」と言ってくれた。

それには三人の少女はなぜか顔を赤くした。

そこで杏が、気にしていたジャンバーの話をした。

すると、彼は打ち解けて笑いながら、

「あのジャンバーは野球部のウインドブレーカーで、もう卒業なので必要ない。来春になったら僕は京都の大学に行くことになるので、三人の気持ちだけもらっておくよ」と言った。

「でも何かお礼をさせてください」と杏が言った。

彼はしばらく考えてから、母親の言葉を思い出していた。

「そうだ、あの日は君たちの竜宮城からの帰り道だったね。今はまだ小学生の乙姫だが、十年後にはきっと美しい乙姫になっているはずだから、それまで開けない玉手箱が欲しい。その中には、『竜宮城に招待をしてもらう券』と書いたものを入れておいてね。その招待券は、僕が乙姫さんに会える物語の亀の代わりをしてくれる。もし本当に十年後に会えたら、それは招待の約束の予約券だよ。きっと美味しい食事をご馳走するよ。名前も忘れないで書いておいてね。十年後に会って、いろんな楽しい話を聞かせてほしい」と笑いながら言った。

完全に子供扱いだったが、母親の言ったようにした。

雪絵が、「本当ですか？　玉手箱を開けてくれましたかと言ったら、そんな話は知らないと言うのではないですか」と問い詰めた。

彼は笑いながら、「それじゃ合言葉を決めておく。『大人になった乙姫です。玉手箱を開けたか見に来ました』と言ってくれればいいよ。今度の水曜日の夕方のバスで学校から帰るから、峠の終点で受け取るよ。それを僕の母親に十年間保管してもらうよ」と言った。

そして、「十年後を楽しみに待っているよ」と笑った。

三人はそれぞれ家に帰り、自分の夢と招待券を書いた。手紙の内容はそれぞれ何を書いたのかは教えなかった。

だが雪絵は手紙を書く前に、七海に、小屋の中での事を教えてと言った。七海はなぜ小屋の中を見ていたことを知っているの？　誰からから聞いたの？　と言った。雪絵はなんとなく思っただけよと言った。

七海は、「小屋の中では杏の濡れた髪を彼がハンカチで拭いていただけだった」と言った。

「本当にそれだけだった？」

「うん……彼の背中で杏の顔は見えなかったけど」

そして、彼の母親の手紙と三人の手紙を大きな封筒に入れて、三人の少女の封筒には表に、

「玉手箱です。決して十年後の西暦〇〇〇〇年まで開けないでください」

と書いて、航の母親に保管を頼んだ。

こうして彼と三人の幼い娘は、おとぎ話の世界のような約束をした。

だが、こんな何年も先の約束が本当に守られるとは、航はその時は微塵も思っていなかった。

ましてやもうすぐ中学生になり、これからいくつもの恋をする少女たちはこんな話は時間とともに忘れ去ってしまうはずだと思っていた。

まだ青春を知らない少女たちにしてみれば、今が普通だと思っているだけなのだ。

この時は、彼も迂闊にも少女たちと同じおとぎ話の世界に酔いしれてしまっていたのかもしれない。

物語では浦島太郎は村に帰るとすぐに玉手箱を開けたから、煙と一緒に齢を取って三百年先の村にタイムスリップをしてしまったらしい。

だが航にとっては、この手紙の存在すら忘れてしまうほどこの話は現実的ではなかった。

しかし純粋な三人の少女たちは、この約束をしたことで知らず知らずにおとぎ話から現実のライバルになっていくのだった。

杏はその日から大人になるのを楽しみに過ごした。

そして杏は夢を見た。

竜宮城の中に大きな時計があって、時計には目覚ましが付いていた。ところが、その針は一年から十年までだけだった。

杏は夢の中で十年のところに針をセットした。

この日から彼を中心にした運命の三角形は、十年後の未来に向かってゆっくりと動き始めた。

物語では浦島太郎は漁師なのに魚はあまりうまく釣れなかった。でも現代の浦島太郎は三人の幼い少女の無垢な心をしっかりと釣り上げていた。

なぜ航の母親が少女たちに十年後に開ける玉手箱を作るようにしむけたかは、その時は誰もそのからくりは知らなかった。

村のあちらこちらをのんびり散策していた秋の風を蹴散らして、とうとう冷たい冬の季節がやって来た。

年の瀬が近づくと、春季村では恒例の忘年会が地区ごとに盛大に行われていた。

昔はそれが三日も続いたものだが、今は一日だけの宴会だ。

今年は杏の家が当番で、多くの近所の人たちが集まった。

お母さんたちも数人が寄り合って、エプロン姿で忙しそうに走り回っていた。

それを見ていた杏は、まだ小学校に入る前に我が家で行われた昔の忘年会を思い出していた。にぎやかな大人たちの話し声に興味を持ち、音を立てずに二階へ上がる階段の中ほどに座り、聞き耳を立てた。

近所の聞き慣れたおじさんの大きな声が聞こえた。

「お前は彼女と結婚する前に、竜宮城で接吻をしたのか？」

「竜宮城のおかげだよ、毎日だよ」

みんなで大笑いをしてお酒を飲み交わしていた。

「お前はその彼女と結婚したのだろう」

「そうだよ。この村では竜宮城で知り合って一度でも接吻をしたら、結婚をしなければならない掟だからね」

みんなで笑って、「乾杯」と大きな声が聞こえた。

先ほどのおじさんの声がまた聞こえた。

「もし掟を破ったら、もう村には二度と帰れないのだ」

「それは大昔の話で、今では冗談話だよ」

誰かが言って、また笑い声が聞こえた。

でも杏にはその話は冗談には聞こえなかった。

宴会も盛り上がり、母親たちの楽しそうな笑い声が聞こえてきたので二階に静かに上がり、布団に潜り込んだ。

母親の手伝いをしながらそんな昔の忘年会のことを懐かしんでいた。だがもう昔と違って、今年も早い時間にお開きになった。

時代の変化は、こんな山村にも押し寄せてきていた。

数日後、竜宮城で雪絵と七海に昔に聞いたこの話をした。

ここで一度でも接吻をした男女は、村の掟で結婚をしなければならない、と。

「その話は本当にあったらしい。お母さんから聞いた」と七海が言った。

「それはきっと、子供にはまだ早いと教えていたのよ」と雪絵が笑って言った。

杏は、あの雨宿りの水車小屋の出来事を思い出して、二人にはわからないように照れていた。

二

新しい年を迎えて、朝の春季峠も白いもので包まれる日が増えてきた。

村ではいろいろな新年の行事が行われていた。

その頃、本郷の家の前に一台の村ではあまり見られない高級車が止まっていることがよくあった。

車は航の母親の兄のもので、現在は亡くなった父親の後を継いで病院の院長をしていた。

航が六歳の時に父親が病気でこの世を去り、それから数年が過ぎた頃、突然兄が妹である航の母親を訪ねて来た。

兄は「あの頑固な父親の手前、お前には何もしてやれなくてすまなかった」と詫びた。

そして、まとまったお金を持って来た。

母親は、

「いまさらお金をもらっても仕方がありません。夫の最期に大きな病院で治療を受けさせたかっただけです。そのために、勘当されている高城の実家に頭を下げてお願いに行ったのです。でも、父親が怖くて誰も相手にしてくれませんでした。いまさらこのお金はもう必要ありません。持って帰ってください」とまで言った。

それでも子供の頃あんなに優しかった兄は、そのお金をそっと仏壇に供えて、

「また来る」と言って帰った。

そして翌月もその翌月も、生活費の足しにするようにとお金を届けた。

ある月のことだった。兄は来るのが遅れて夕方遅くなった。

ちょうどその時、隣の雪絵の母親が、

「お土産にもらったお菓子です。航ちゃんに」と持って来た。

雪絵の母親は、これから麓の温泉町のスナックへ仕事に行くところだった。

京都から来ているという航の母親の兄さんに、

「もう遅いのだから今日は温泉で泊まって、明日の朝早く帰った方が安心ですよ」と言って早速、知り合いの旅館に電話をしてくれた。

これをきっかけに、雪絵の母親と本郷の兄は親しくなった。航の母親はこの二人の関係が将来役に立つとはまだこの時は考えていなかった。

それからは、来るといつもの旅館に泊まり、雪絵の母親が働くスナックに行くようになった。

そのような日は雪絵の母親は朝まで家には帰ってこなかったようだ。そんなことが数年間続いていたのだった。


高城院長は航を将来養子にしたいと考えていたので、毎月生活費の足しにとお金を届けに来ていたのだった。院長の奥さんもその話には協力的だったので何時も泊まってくるがそれは妹の家だと思っていた。そのうち高城院長は春季には来なくなり銀行に振り込まれるようになった。

そして誰も気が付いていなかったが、雪絵の母親がなぜか月に一度くらいは京都に行くようになっていたのだった。

杏は、航が高校を卒業してもうすぐ京都に行ってしまうと思うと、何かよくわからないが胸が騒いだ。

その頃、航の母親は兄の申し出をどうしようかと毎日悩んでいた。

実は京都の兄は、航に医者になって母親の実家である病院で自分の跡を継いでほしいと言ってきたのだ。

その頃、航の母親と雪絵の母親は仲良く花壇で花を育て楽しんでいた。

家が隣ということもあったが、雪絵の母親も離婚をしていたので、二人とも独り身だったので話が合った。

だから航の母親は、京都の兄と雪絵の母親が大人の付き合いをしていたのを見て見ぬふりをした。

そんな境遇もあり、お互いに悩みをよく相談していた。

この日は航の母が雪絵の母に話を聞いてもらっていた。最後は当然だが航の意見も聞いた。親子で夜遅くまで話し合った末の結論だった。

京都の伯父の援助で、航は希望だった法学部を諦めて医学部に行くことした。

航の母は、きっと兄からの申し出は竜宮城からの招待状だと意味ありげに話した。

「お金のことは心配しないで、勉強して医者になって将来は立派な高城病院の院長になってね
と航に言ったの」

そして京都の大学に行く前の日に、

「女の子たちがくれた玉手箱の中に私の手紙も一緒に入れておいたから、医者になって仕事に
自信が持てたら必ず読んでほしい」と航に改めて言った。

航の母親は、これから京都の大学に行ってたくさん勉強しなければならない息子に、一人前
になった時に自分の決意を実行してもらう方法を考えて手紙を書いたと雪絵の母に打ち明けた。

ある意味、三人の無垢な娘の気持ちに便乗したのだ。

航は、母親の苦労を誰よりもよく知っていた。

今の本郷の家の経済事情では、京都の大学で夢である弁護士を目指すことは無理だと航も理
解をしていた。だからこの竜宮城からの招待を受けることにしたのだと航が言ってくれた。

そして航は京都の竜宮城に行ってしまった。

三人の娘は中学生になり、よく航の話をした。

航は三人の少女たちのヒーローになり、夢はどんどん大きく膨らんだ。

同時に竜宮城も現実の世界も時間は止まることはなく、十年先に向かって進み始めていた。

杏たちが少し大人にあこがれを持つ中学三年になった頃のことだった。

杏の両親はたびたび京都に出かけるようになった。

それは、京都で呉服関係の小さな会社を営んでいる、父の兄のところへ呼ばれていたからだった。

深川家の長男である父の兄は、若い頃に田舎は嫌だと言って京の都で商売をしていた。

商売も順調になり、父の兄も一人でも多く信頼のおける社員が欲しかった。

そこで、誠実な性格の杏の父と、経理の知識が少しあった母の二人を勧誘した。

両親に京都に来て働いてほしいと何回も誘いがあった。

しかし、この村で生まれ育ってほかの世界を知らない両親は、この話にためらった。

とはいえ昔から〝京のみやこ〟と呼んでいた京都に少し憧れもあった。

最後には、「一人娘の杏を京都の大学に行かせて、良い会社に就職させてはどうか」と言った兄の話に両親の心が動いた。

話が決まったのは、杏が中学を卒業する少し前のことだった。

杏は事前に京都の高校の入学試験を受けて合格していた。両親は杏のためにも京都に行く決心をしたのだった。

そしてその話に両親は一つ条件を付けた。

それは杏が大学を卒業したら、両親は退職して村に帰ることだった。先祖代々の家は、いずれ村に帰るということで、近くの親戚にお願いをして預けた。

杏の中学の卒業式の次の日に、一家は京都に引っ越しをした。それは日本海から今年も優しい春の風が峠を吹き抜けた日だった。

あわただしい引っ越しの日は、雪絵と七海が峠で見送ってくれた。

「そろそろ出発します」と引っ越し業者の人が言った。

娘三人は、大粒の涙で抱き合った。

峠のてっぺんからつづら折りの坂道が木々で見えなくなって、そしてまた少し峠が見え、振り向くと雪絵と七海が手を振ってくれている姿が見えた。

たまらず、目にいっぱいの別れの涙をぬぐいながら業者の人に、

「あのカーブの横の広場で少し車を止めてください」とお願いをした。

車が止まると同時に広場の端まで走って行って、峠の二人に両手を大きく振った。

気が付いた雪絵と七海も、飛び上がって同じように大きく両手を振ってくれた。

まるで運動会のゴール前の応援団のようだった。

運転手の人が、「そろそろ行きますよ」と言っても杏はやめなかった。

優しい引っ越し業者の人は、「あと少しだけ」と言って待ってくれた。

杏は最後に雪絵と七海に、「必ずまた会おうね！」と大きな声で叫んだ。

何を言っているかはきっと聞こえなかったと思うが、二人も同じように叫んでくれているはずだ。

七海の愛犬のトトも、一緒に見送りに来てくれていた。

トトが何かを感じたのか、突然大きな声で鳴いた。その声が春季村の山々にこだました。トトもやっと杏と別れることに気が付いたようだ。

トトは七海が小学校の時、父親が仕事の帰りに、峠道を村の方にとぼとぼと歩いていたのを拾ってきた雑種の捨て犬だった。

三人で名前を考えた。

杏は『オズの魔法使い』の物語の主人公のドロシーと一緒に魔法の国を旅する愛犬と同じ名前を付けたいとみんなに頼んで、トトと名前を付けて可愛がった。

そのトトを七海が上に高く抱き上げて見せてくれた。それを最後に車は京都に向かって走りだした。

トトの別れの鳴き声もだんだんと小さくなって……杏は村を離れる実感を噛みしめた。

杏は本郷航との〝十年後の約束〟も心に大切に包んで、引っ越しの荷物の中に一緒に入れていた。

京都では、伯父さんが会社の近くに杏一家の家を借りてくれていた。

そして杏の女子高校の入学手続きは試験以外すべて京都の伯母さんがしてくれた。

中学を卒業してあっという間に、桜が咲く校庭に入学式を終えて母親と二人で歩く杏の姿があった。桜の花びらが紙吹雪のように二人の頭上に舞いおりて祝ってくれた。

こうして杏の京都の高校生活が始まった。

都会の女子高校のおしゃれな制服は、気持ちにも体にもすぐにはなじまなかった。クラブ活動も、授業が終わるとすぐにバスに乗って家で過ごす〝帰宅部〟に入部をしていた。

京都のすべてが艶やかで優雅に思えた。

高校では、一人だけ仲良しの友人ができた。

名前は河北(かわきた)すみれで、京都で生まれ育った彼女は、すべてのしぐさが優雅に見えた。

彼女は杏に、よく京都のしきたりの話をしてくれた。

その中でも杏が一番驚いたのは、京都では食事に招待された時に、最後に出された物は全部食べずに少し残すのが礼儀だと話してくれたことだった。

それは先方に「もうお腹がいっぱいです」というシグナルを送る意味があるのだと教えてくれたことだった。

杏が育った春季村では、ご飯を一粒でも残すとお百姓さんに申し訳ないと叱られて育ったのだった。

でもこのしきたりも、何か恋人同士の駆け引きみたいで優雅を感じた。

そのほかにもたくさんの都のしきたりを教えてくれた。

杏はいつも目を輝かせて聞いていた。でもやっぱりすぐにはなじめなかった。

春季村の雪絵や七海、そして仲良しグループの男子が懐かしく思えた。


でも環境の変わった京都の三年間の生活は、戸惑う間もなく通りすぎて、高校の卒業式を迎えた。

今は同じ系列の女子大にエスカレーター式で進学をしていた。あの高校の友達だった河北すみれも一緒だったが、やっぱり京都で生まれ育った彼女とは知らぬまに距離を置くようになっていた。でも時は止まることはなく大学三回生になっていた。

杏が京都の女子高に入学してから、はや六年の歳月が過ぎていたのだった。

第二章　私は有名なプレーボーイだぞ

一

大学三回生の春休み、杏は観光地の人気のお土産屋さんで連日アルバイトに励んでいた。

今年から念願の一人暮らしをアパート「朝日荘」で始めていた。杏はできるだけ自分の力でがんばろうと時間があればアルバイトに励んでいた。両親が家賃と生活費の足らない分は援助してくれた。ただし、自分の欲しいものはアルバイトをして手に入れるのが条件だった。

朝日荘は日当たりがよく、窓から京の春がはんなりと会いに来てくれた。

二階の端部屋で、手が届くところに満開の桜が咲いていた。

たまに気まぐれな春風に乗って、花びらが杏の部屋に遊びに来てくれた。

そんな日は特別に気持ちがうきうきと明るくなった。春風も桜の花びらを数えて嬉しそうだった。

バイトの日は、終わると近くの大山マーケットで夕食の五時からの割引総菜をおかずに買って帰った。

ある日のことだった。朝日荘に帰ると、古びたドアの郵便受けに一通の絵葉書が頭を出していた。杏はキッチンで立ったまま、小さなテーブルに買って来た総菜を並べながら読んだ。

春季村の仲良し仲間だった坂本雪絵からだった。

『今度の日曜日に仲良しグループのみんなで久しぶりに集まろう』と書いてあった。

考えてみれば中学卒業以来会っていなかった。

そして『女子の三人はあの玉手箱の話をするので、土曜日の昼過ぎに峠の蕎麦屋に集合！』と書いてあった。杏はすぐにバイト先に電話をして休みをお願いした。

春の観光シーズンなので電話の向こうで店長は少し渋ったが、「田舎の親戚から連絡があり、大事な用件ができた」と嘘を言って休みの許可をもらった。

少し申し訳ない気持ちになった。でも自分にとっては大事な用件なのだ。

みんなに会えると思うと、気持ちはもう春季村に飛んでいた。

それと、何か不思議な運命であの峠に呼ばれているような気がした。


春とはいえ、まだ京都の朝は少し肌寒い。

杏は土曜日の朝八時過ぎに春季村に向かった。

お気に入りの愛車のスピードメーターに流し目を送りながら安全速度で走った。

この車は、バイトで買ったと言いたいが、ほとんど親に出してもらって購入したのだ。

この中古車で、昔は大雪のたびに通行止めになった有名な旧国道9号線の春季峠を登るのだ。

今は国道9号線も峠の下に春季トンネルができている。

福知山で休憩をして四時間ほどで春季村の麓に着いた。村まで峠道は、てっぺんの蕎麦屋に行く人以外は村人が使っているだけだ。

国道から村に入る道の脇の峠の蕎麦屋の看板が嫌でも目に入る。

信号が青に変わり、曲がりくねった旧国道を頂上目指してアクセルを踏んだ。

懐かしい山道は、子供の頃にお好み焼きをひっくり返すと端の方が残って後から継ぎ足したような舗装になっていた。そんな道を、愛車はてっぺんを目指して登って行った。

木漏れ日が描く影絵を踏みしめながら、のんびりと走った。

カーブを曲がったその時だった。後ろから大きな排気音を響かせた白い車がバックミラーに突然現れた。

後ろについた白い車は、乱暴な連続クラクションで追い立てた。

すぐに車を横に寄せて先に行かせたが、軽く手を挙げてあっという間に見えなくなった。

同じ京都ナンバーで二人の男性が乗っていた。

しばらく走ると工事中の信号が見えた。片側交互通行だ。

この道もきっとお好み焼きの継ぎ足し風の舗装がされるのだろう。

先ほどの白い車の後ろに追いつき停車した。

何気なくその車のナンバープレートの上を見ると、何かペンキのようなもので文字が書いてあった。

身を乗り出すようにして読んだ。

【私は有名なプレーボーイだぞ】

思わず吹き出して笑った。何か自分が恥ずかしい気持ちになった。

信号が変わり、その車は大きな排気音を響かせ、頂上に向かって走って行った。

杏の車には、まるで春季村の住人だとわかっているように、山桜の花びらが「お帰り」とフロントガラスに寄り添って微笑んでくれた。

横道から親戚の叔母さんの家に立ち寄って挨拶をしてから、てっぺんの蕎麦屋に向かった。

懐かしい雨宿りをした水車小屋が見えた。本郷航が優しく抱きしめてくれた時の胸の鼓動はしっかりと覚えていた。

忘れられないのは初めて異性の肌に触れたからだろうか？　なぜだろう、今も胸が疼く。

中学生の時に友だちが、私の名前の〈あんず〉の花言葉を教えてくれた。

早すぎた恋心？

そんな青春の思い出に浸りながら峠道に戻った。

懐かしい引っ越しの日の最後に峠の二人に手を振った広場で車を止めた。端の方まで歩くと、盛り上がった土に木の板が立て掛けてあった。よく見ると〝みんなのトト〟と書いてあった。

きっとトトがここに眠っているのだ。知らなかった。

盛り上がった土の上にそっと手を添えた。不思議と何か温かい感じがした。

杏は目にいっぱいの涙をためて、トトが最後に七海に抱かれて見送ってくれた姿をしばらく思い浮かべていた。

近くに咲いていた野花を供えて涙をぬぐい、てっぺんに向かった。

駐車場の奥の桜の木の横に車を止めた。今は綺麗に整備されているが、昔は雑草がはびこる原っぱだった。でも桜の木もあの日の少女を追い越す勢いで見事に生長していた。

先ほどの乱暴な白い車が横に止めてあった。詳しいことは知らないが、外国製のスポーツカーみたいだ。

人気の店だけあって、他府県ナンバーの車も数台止まっていた。

杏はすぐには店に入らず、しばらく峠にたたずんで、あの日に四人で交わした約束を思い浮かべていた。

その時、東の空から三羽の山雀が峠の上空を飛んで行った。

杏たち三人のあの日の気持ちと同じだと思った。

本郷航は、今、どうしているのだろうか？

そして蕎麦屋の古い木製の戸に手かけた。それは同時に約束の思い出の戸を開けることになったのだった。

「いらっしゃい。あ、深川さんの杏ちゃんだよね。何年ぶりだろうね」

懐かしい春季村の声が飛んできた。

子供の頃、よく可愛がってもらった近所の和子おばさんだった。

「ごめんね、今満席なの。相席でも構わない？」と言って店内を見渡してくれた。

「はい、お願いします。人気の蕎麦屋さんですものね」

奥の席で蕎麦ができるのを待っている二人の男性に声をかけてお願いをしてくれた。

二人は小さな声で、「どうぞ」と言った。

杏はその席に行って声をかけた。

「すみません、相席をお願いします」

と言って、二人の前に座った。

その雰囲気から、先ほど追い越して行った自称プレーボーイの二人だとすぐにわかった。

でも二人は杏のことなど全く気にせず夢中で話し込んでいた。先ほど追い越した時に睨んでいた女性だとは全く気が付いていないようだ。

一人は背が高く、少し細身の男性だった。なぜかサングラスをかけたまま周りを気にするように座っていた。確か先ほど追い越して行った時にはサングラスはかけていなかった。

もう一人はインテリ風の好青年に見えた。

蕎麦ができるのを待ちながら話す二人の会話が嫌でも聞こえてきた。話からすると二人は大学時代の親友らしい。

「京都を八時三十分頃に出たのに少し時間がかかったな」とサングラスが言った。

「ここからだともうすぐ着くよ」

「純一郎、お前は昔から本当に気楽だよ。同じ医大を二年で突然やめて美大に行ったよな。そうだ、親父に病院の後を継ぐと言って買ってもらったあの車を返さなくてもいいのか?」

「親父はもう諦めているよ」

「そうだ、先日飲みに行った時話していたおふくろさんからの手紙には何が書いてあったの?」と聞いた。

「別に特別なことは書いてない。いつものことだよ。お前も一人前になった頃と思うのでそろそろあの手紙を読んで結婚を考えてほしいと書いてあった」と笑って言った。

純一郎が「あの手紙」とは何？　と聞いた。

「ああ、僕が京都の大学に進学する時に将来の夢みたいことを話していた。いつまで経っても子供扱いだよ」照れていた。

そこで二人の蕎麦が運ばれて来た。

「それより、この繁盛している山のてっぺんの蕎麦屋をよく知っていたね？」

「この店はうまいと評判の蕎麦屋だよ」とサングラスは言った。

「お前はどうしてこんな山奥の蕎麦屋を知っているの？」

「高校の友人から聞いていたんだ。それとさっき福知山の手前で寄り道をした芦田均記念館もその友人に教えてもらったんだ」

「そうなの、僕も今迄知らなかった、あの47代総理大臣芦田首相は本当に立派な人物だったんだ、感銘をうけたよ。ありがとう。でも早く鳥取砂丘へ行こう」

これから鳥取砂丘に行くらしい。二人の仲の良い会話が心地よく感じられた。

杏は、福知山で寄り道をしてきたと話していたのに、この峠で追い越されたのかと思った。どうやら近道を知っていたようだった。

二人の男性は蕎麦を食べ終えると、軽く会釈をして席を立って出て行った。

同時に杏の注文した山菜蕎麦が、懐かしい春季村の香りと一緒に運ばれて来た。一人になって気兼ねなく蕎麦を食べたら、久しぶりに会う仲間の顔が浮かんで来た。

食べ終わると雪絵と会う時間近くになっていた。そろそろ懐かしい雪絵の顔が見られると思った。

半年ほど前に雪絵から〝恋人確保〟の葉書を受け取っていた。

葉書は実に簡単で、「雪絵は恋人ができました」とだけ書いてあった。だけど恋人の情報が何も記載されていなかった。

住所は「白兎海岸一丁目竜宮城一〇五号」と書いてあり、周りに鯛やヒラメが踊っているイラストが綺麗に描いてあった。

当たり前だが、全然違う場所に住んでいるのだ。

雪絵よ、ふざけるな。竜宮城には郵便屋さんも行ってくれないからお祝いも送れない。ましてやお返しに玉手箱を送ってくれても困る。

雪絵は母親にそっくりで、子供ながらも村一番の美人だと評判だった。

そして大人になって、さらに綺麗になっているのだろうと思った。

だから恋人と一緒に生活をしている報告の葉書が来ても、少しも驚かなかった。

雪絵が店にやって来た。

「杏、久しぶり。元気だった？」

やっぱり思っていたよりもさらに綺麗になっていた。

七海から、今日は用事で来られないが明日は必ず来ると連絡があったと雪絵が言った。

「雪絵、綺麗な絵葉書をありがとう。懐かしい竜宮城だね、明日が楽しみだね。今日は親戚のおばさんの家に泊めてもらうの」

「私の家に泊まればいいのに」

「ありがとう。でもおばさんが楽しみにしているから」

雪絵に、恋人確保の葉書には竜宮城に住んでいると書いてあったが、今日は実家に帰っているのと聞いた。

「うん。春季村に帰っているのよ」と言ってうふふと明るく笑った。

昔から何か意味ありげな話し方をする。

そして、これまでの生活をゆっくりと話し始めた。

「実は、彼のマンションで同棲をしていたの。

私は京都の洋菓子の店で働いていたんだけど、そこの同僚が夜にスナックでアルバイトをしていたの。話によるとそのスナックは大きな病院の近くで、そこで仕事をしている人がよく来るらしい。私はその同僚にアルバイトの紹介をお願いして、働くことにしたんだけど、働き始めて一か月ほど経った時、二人の男性客が店にやって来たの」

二人は「みやこ中央病院」の医者だと教えてくれた。

二人の話によると、大学の先輩と後輩の関係らしい。

先輩は今の病院をもうすぐ退職して、鳥取の父親の病院に帰るらしいと言っていた。

「それから後輩の方の人とつき合うようになり、同棲するようになるのに時間はかからなかったの。でも、彼はかなりのプレーボーイで、同棲してしばらくすると、同じ職場の女性と交際していることがわかったの。それですぐに別れたわ」

雪絵は他人事のようにあっさりと話した。

杏にはそれが、まるで芝居の筋書のように思えた。

「杏は京都に彼氏がいるの？　それともすでに浦島太郎を見つけた？」

「うーん、大学の友だちはいるけど、特に交際している人はいない。ましてや浦島太郎なんてどこにいるか全然わからない」

雪絵が横を向いて、少し意味ありげに笑ったように見えた。そして、「子供の頃、近所のおばさんたちが『春季村の娘は春の訪れが遅い』と話していたのを聞いたことがあったけど、本当かな」と言った。

杏は雪絵の顔を見て、なぜか少し慌てた。

「それは違うよ。お父さんがおじいちゃんから聞いた話では、この辺りは深雪のため一日千秋の思いで春が来るのをみんなで待ちわびていた。そして村人が神社にお願いをしていたので春季村と言うようになったと聞いていたよ。私たちにもきっと訪れる春とは関係ないよ」

「でも、私たちにはなかなか春が来ないよね」

「美人の雪絵には早く春が来たよね」と杏が微笑んで言った。

「でも私の春は本物の桜も咲かずに季節が通り過ぎただけよ。きっとお花見には良かっただけよね」

「うん、そんな桜の花びらがすぐに散る春もたまにはあるよね」

二人はしばらく目を合わせていたが、やがて明るく笑った。

それから村の噂話や雪絵たちの高校時代の楽しいエピソードなどを聞いて時間を過ごした。


仲間が集まるのは明日なので、今日は夜まで時間があった。

杏はふいに先ほどの二人の男性のことを思い出し、自分も鳥取砂丘に行ってみたいと思った。

雪絵に「久しぶりに鳥取砂丘に行って来るのでまた明日ね」と言って別れた。

でも、その前にどうしても寄りたい場所があった。

そこは杏の秘密の場所で、中学生の頃、何か悩むとそこで深呼吸をしたものだった。

あの頃よく夢に『オズの魔法使い』に登場した城が浮かんできたことを思い出した。

今日も門の横に〝思い出〟の番人が座っていた。

胸の奥で、誰にも言えない青春の傷心のドアが開けられるのを待っていた。

番人は立ち上がり、「ノックしますか？」と聞いてきた。

「長い間ありがとう。でもそのドアは開けないでください」と杏が応えると、番人は「わかりました」と、ドアのそばに再び静かに腰掛けた。

きっと錆び付いていて簡単には開かないはずだと思った。

大きな溜息をついて、あの頃の心の絵本を閉じて車に戻った。

二

春季峠から温泉町方面に峠道を下りた。国道9号線に出ると鳥取砂丘方面にハンドルをきった。

のんびりと田舎の素朴な風景を満喫していると一時間ほどで着いた。

駐車場にあの目立つ白いスポーツカーが止めてあった。峠の蕎麦屋で話していたように、二人で鳥取砂丘に来ているのだろう。

車を降りて砂丘に向かって歩いた。目の前の大きな砂丘を日本海が抱きしめているように見えた。

浜辺に弾ける白波が、砂丘を飛び越して目の前に来るような錯覚を覚えた。

この壮大な風景を眺めていると、日々のいろいろな悩みや不安も波がさらっていってくれるように誰もが感じるのだろう。

杏は靴と靴下を脱いで両手にぶら下げて、素足で海に向かって砂丘を歩き始めた。

以前にテレビで見た、海辺の砂浜を歩く女優のシーンを真似てみたのだった。

その女優は、フリルの付いた可愛らしいスカートを海風になびかせていた。

その風景を思い出して、杏も心を躍らせた。

あの女優が歩く時の歩幅を目に浮かべた。きっとその時から、そんなヒロインにあこがれていたのだ。

母は杏が子供の頃から都会の風が届かない山村のどこで買ってきてくれるのか、いつも可愛い服を着せてくれた。

昔はどこの山村も、風土からはみ出さない服装がほとんどだった。

きっとその反動で、私にはいつもおしゃれな服を選んでくれたのだろう。

そんなことを思い出しながらしばらく歩くと、二人の男性が海に向かって砂丘に座り、スケッチをしているのが見えた。蕎麦屋会った二人だとすぐにわかった。

後ろから肩越しに声をかけた。

「二度目の相席をしてもいいですか？」と二人の横に腰掛けた。しばらく返事がなかった。

サングラスをかけている彼が、ちらっと杏を見て、

「どうぞ、この砂丘ではどこに座っても相席ですよ」

笑いながらそう言うと、それ以上の会話はしなかった。

どうやら怪しげな女だと思われたようだが、雄大なこんな場所だからこそ、積極的な行動ができたのだと思う。

二人の横に勝手に座り、しばらく黙って海と二人のスケッチブックを交互に眺めていた。

サングラスをかけていない男性の絵が素敵だと思った。絵の完成度からすると、着いてすぐに書き始めたようだ。

しばらくすると、素敵な絵の彼が杏の顔を見て話しかけて来た。

「どちらから来られたのですか？」

「京都からです。先ほどお蕎麦屋さんでお会いしましたよね」

あえて「春季村です」とは言わなかった。

「ああ、そうですか、僕たちも京都からです。蕎麦を食べたあとに友人がこの山村の風景が見たいと言うのでゆっくりと車で一周して、素朴な水車小屋など気に入った場所をスケッチしてきました。それと蕎麦屋に行く前、その途中にあった大きな桜の木を僕が特に気に入ったので、スケッチをしてしばらく眺めていました。あなたも一度見に行かれたら？　本当に綺麗ですよ」

「そうですか……。実はあの村は私の生まれ育った故郷です。高校からは京都に住んでいます」

「なんだ、そうだったんですか。この村は名前のとおり本当に綺麗な村ですね」

それだけ言うと、またスケッチに取り組んだ。

その時杏は、サングラスの彼が自分をしばらく横目で見ていたような気がした。

そして、海風が杏の頬と彼のスケッチブックの端をなぞった時だった。

その風が後押ししてくれたように、また彼が話しかけて来た。

「峠の蕎麦屋では失礼しました。私は秋吉です。京都の高校で美術を教えています、まだ新米ですけど」

その横からサングラスの彼も杏の顔を見て話しかけてきた。

「僕は秋吉の友人で高城です。京都で医者の仕事をしています」

自称プレーボーイは、さすがサングラスをかけたままだった。

「私は深川杏です。京都の大学生です。よろしくお願いします」

大学の名前など詳しいことは言わなかった。それは最近大学で勉強している井原西鶴の『好色一代男』が重なったのだ。現代ならこの物語の主人公は「プレーボーイ」と呼ばれたかもしれないと思ったからだ。

杏は二人に見えないように海の方を向いて少し笑った。

「あの、一つ聞いてもいいですか?」

「なんですか?」と秋吉が言った。

「あの車の後ろに書いてあるのは本当ですか?」

二人の男性は顔を見合わせた。何か思い当たることがあるようで、どちらかともなく「やられた」とつぶやいた。

秋吉が真剣な顔で聞いた。

「なんて書いてありました?」

二人とも本当に知らないようだった。

杏は【私は有名なプレーボーイだぞ】と書いてあると教えた。

秋吉は「やっぱりそうか。姉に書かれた」と独り言のように言った。

話を聞くと、先日彼が姉とあることで大喧嘩をして、姉の車の後ろに高城のアイデアで【只今恋人募集中】と書いたと説明した。

杏はこらえきれずに大きな声で笑った。

秋吉は「どうしよう、簡単には消せないなあ、でもこのまま京都まで帰るのは恥ずかしい」と真剣に悩んでいた。知らぬが仏とはまさにこのことだと思った。

京都から鳥取砂丘まで、どれだけの人に見られて走って来たことか？

蕎麦屋では後ろ向きに駐車したので気が付かなかったみたいだ。

杏は自分の車に白いガムテープがあったのを思い出した。

「大丈夫ですよ、私の車に白いガムテープがありますから、それを落書きの上に貼って帰れば見えないですよ」

二人は「ありがとう、助かった」と喜んで、三人で杏の車にテープを取りに戻った。

車の後ろでテープを貼っている間に杏は二人を観察した。

二人は杏より五、六歳は年上だと思った。

テープを貼り終えて「これで帰れる」と礼を言って残りを返そうとした。

「いいえ、また必要になるでしょうから差し上げます」と笑って茶化した。

それから二人は小声で何か話していたが、高城が秋吉のスケッチブックを指さして「そうしろ」と言ったのが聞こえた。

「京都でまた会えると嬉しいですね、私はみやこ中央病院の近くに住んでいます」と秋吉が言って、スケッチブックに何かを書き足すと、

「よかったら今日のお礼に受け取ってください」と、スケッチブックごと手渡してくれた。

さすがに美術の先生だけあって、本当に上手に描かれている絵だと思った。

ましてや蕎麦屋での話だと、彼は医大を中退して美大に行ったくらいなのだからと納得した。

杏はお礼を言って、

「私もあの病院の近くの大山マーケット付近にあるアパートから大学に通っています」と言った。

すると秋吉が、「私も大山マーケットにたまに行くことがありますよ」と話した。

「私は母親と二人で住んでいます」

杏は警戒して嘘を言った。本当は一人住まいなのだが、この二人が本物のプレーボーイだったらまずいと思い、朝日荘の名前はあえて言わなかった。

ひょっとすると、あの落書きは彼ら自身で書いたということもあり得るかもしれないのだ。

でもサングラスの高城はともかく、秋吉は眼鏡をかけ髪も少し長めで、いかにも高校の美術の先生に見えた。

高城は医者らしいが、かっこいいモデルにも見えた。

杏にとってこれが運命の出会いとなるのだが、この時は、この二人と友人として交際することになるとは思いもよらなかった。ましてや、高城とはろくに話もしなかったのだから。


二人と別れてから、車の中でもらったスケッチブックを開いてみた。

三枚の絵が描かれていた。

一枚目は、秋吉のお気に入りらしい大きな桜の木の絵だった。

端の方に、勤務している学校名と自宅の電話番号、そして「秋吉純一郎」と書いてあった。

二枚目は、杏の一番の思い出の、小川の横の雨宿りをした水車小屋の絵だった。

どうしてあの小屋をスケッチしたのだろう？　偶然にしては不思議だと思った。

最後は、雄大な鳥取砂丘が描かれていた。

彼らと別れて春季村までの帰り、のんびりと夕暮れの田園風景の中を、子供の頃の懐かしい歌を口ずさみながら運転した。

なぜか胸が疼いた。純一郎たちが描いた水車小屋の絵のせいかもしれない。もしかしたら、彼の眼鏡の奥の優しいまなざしのせいだろうか？

恋煩い？

そんなはずはない。あの浦島太郎の彼に会えるまでは、ほかの男性に恋をするはずがない。

その日は連絡をしておいた親戚のおばさんの家に泊めてもらった。

でも、なぜかなかなか眠れなかった。眠ろうと目を閉じたが、昼間に雪絵といろいろな話をしたからだろうか、子供の頃を思い出していた。

雪絵は小学校の時に両親が離婚をしていて、家庭は少し複雑だった。

母親は麓の町のスナックで働いていた。毎日雪絵の夕食を作り、店で深夜まで働いていた。

母親の仕事が生きるためだとは、子供の雪絵にはまだすべてを理解することはできなかっただろう。

明日、久しぶりに会う七海の顔も浮かんだ。

七海は三人兄弟の末っ子で、どうやら父親が溺愛したので甘えん坊に育ったようだ。

小学校の頃は、いつも杏と雪絵の後ろに隠れていた。

でも背が一番高く、見た目は目立った。

そんな七海がよく言っていたのは、「大人になったら歌手になりたい」だった。

杏が「なぜ?」と聞くと、「あまり人と話をしなくてもいいから」と言ったことを覚えている。

大人になった彼女は意外と、したたかな女性になんとなく生まれ変わっているかも、と想像した。

そして、男性仲間の津田次郎と白石健太の二人にも、久しぶりに明日は会える。

きっと男らしくなっているのだろうと想像した。

そんなことを思い浮かべていたら、いつの間にか眠ってしまった。

三

翌朝、早く目が覚めたので、久しぶりに村を散歩した。新鮮な山村の美味しい空気を胸一杯に吸い込んだ。

昼から、雪絵が連絡してくれた昔の仲良し五人組が集まる予定だ。

そして昼近くになり、男の二人は少し遅れると津田から連絡があった。白石が列車で来るので最寄りの駅まで迎えに行くらしい。白石はライブのあとよくお酒を飲むので車の運転はしないのだという。

女三人は再会すると一番に、昔のようにハイタッチをした。

早速、彼女たちが子供の頃に遊んだ竜宮城に向かった。

小川の近くの畔道に行くと、三人は小学校の頃に野犬に襲われた時のことが嫌でも思い出された。そして三人の脳裏には、怖かったことより助けてくれた本郷航の顔が浮かんだ。

竜宮小屋はさすがにもう傾いていて、昔のように中には入れない状態になっていた。中を覗くとカビに占領されていて、当時の面影を残すものは何一つ残っていなかった。

でも目を閉じると、三人でよく歌っていた歌が聞こえるような気がした。

思い出は時として、自分に都合の良い形に姿を変えていく。全部を持って思い出の旅に出ることはできないと思う。必ず大切な忘れ物があるような気がするものだ。杏はそれは何だろうと考えていた。最近、「後悔」ではないかと思うようになった。

三人は春季神社の横から流れて来る小川の土手に、並んで腰掛けて話を始めた。

小川の土手は昔は土だったが、今はコンクリートに変わって時の流れを感じさせた。

でも水の流れる「ちょろちょろ」という音は、いつの時代も変わらず心地よかった。

そして陽ざしは昔と同じ温度で優しく包み込んでくれた。

杏が、本郷と私たち三人でした約束の話を切り出した。

「雪絵も七海もあの日の玉手箱の約束は覚えているよね？」

七海が「大人になったから、私たちはもう竜宮城へ招待してもいいのよね」と言って微笑んだ。

雪絵が聞いた。

「七海は何かわかったの？」

七海は黙って首を横に振った。

雪絵が、今日集まったら二人に教えようと思っていたことがあると言った。

雪絵が高校を卒業して京都の専門学校に行く時に、隣の本郷のおばさんに挨拶に行った。

おばさんは「おめでとう」と言って祝儀袋を渡してくれた。

そして、航も京都で医者の勉強をしているから会いに行ってと言ってくれた。

でも、どこの病院かまでは言ってくれなかった。

雪絵もしつこく聞くのもおかしいので、わかりましたと言って帰った。

だからみんなに、本郷航は京都で医者の仕事をしていることを報告したかったのだ。

七海も杏も「ありがとう」と言った。

七海が小さな声で、「杏と雪絵に参考になる話がある」と話し始めた。

中学一年のある日の午後だった。本郷の母親が、七海の家に来て縁側に腰を掛けて七海の母と話し込んでいた。

たまたま七海が台所にお茶を飲みに行った時、本郷の母親の声が聞こえた。

「兄の病院を継ぐ話も、航の将来にとって悪い話ではないかなと思ったの」

航の母親は、自分たちの結婚を反対した父親はもう他界していたが、父親が経営していた病院を将来、航が継ぐことには抵抗があった。でも兄夫婦には子供がいなかったこともあり決心をしたというような話をしていた。

陰で本郷親子を経済的にも支えてくれた兄には恩義もあるから、最後は航も承諾してくれた。

航は、母親一人の力では自分を京都の大学に行かせることは絶対に無理だということを理解していた。

母親の苦労を知っている航は。大学の費用も住まいも生活費も、すべて援助してもらう方がよいと考え、それを条件にしたらしい。

航は母親の兄の勧めてくれた医者になって、将来は母親の実家の病院を継ぐことに決めたらしい。

そんな話をしていたのを聞いてしまったと、七海は二人に話した。

七海は杏と雪絵に、「この話は小耳にはさんだもので本当は自信がないので言わないでおこうと思っていた」と言った。

大学を卒業したらしばらく大きな病院で勉強して、そして将来は病院の院長になる。その勉強に行く病院の名前は聞こえなかった。ちょうどトトが吠えたのではっきりとは聞こえなかった。「ごめん」と小さな声で言った。

結局、雪絵と七海の二人の情報で、本郷航は京都で医者になって病院で働いているらしいことがわかった。

七海は雪絵が情報を提供したので、自分も知っていることを話す気になったようだ。だが一番肝心な情報を二人には教えなかった。

それは京都に行くと兄の提案で養子になることになり、当然苗字が変わったということだ。もう杏たちの背中に隠れていた頃の七海ではなく、魔法を使うしたたかな女性になっていた。本当は話の中で、母親の旧姓である兄さんの名前ははっきりと聞こえていた。

そして最後に雪絵が杏に、何か情報はないのと尋ねた。

杏は京都で大学とアルバイトだけの生活なので、何も知らないと答えた。

でも昨日、鳥取砂丘に行った時に親しくなった二人の男性の一人が京都で医者をしていると言っていたので、京都に帰ったらいろいろ聞いてみようと思っている。何かわかったら必ず二人に教えるつもりだと言った。

それから杏は、

「その二人の春季村での行動が不思議なの」と言った。

「なにが不思議なの?」と雪絵が聞いた。

「実はそのうちの一人が、この村にすごく興味を持っていた様子だったの。それから……」と言いかけた時だった。

土手の方から懐かしい男子の声が聞こえた。

「おーい、遅くなってごめん」

雪絵が声のする方に向かって大きな声で、「遅いよ、早く」と叫んだ。

津田と白石の二人が土手の道から手を振って小走りでやって来た。

津田は来るなり、「三人で何の話をしていたの?」と尋ねた。

雪絵が、「小学校や中学生の頃の話をしていた」と答えた。

「そんな昔の話より、雪絵に聞きたいことがある。雪絵、あの恋人確保の絵葉書のことだ。竜宮城の桜は綺麗に咲いていた?」

「津田君、海の中では珊瑚の桜が咲くのよ」

「でも竜宮城は夢の世界だ。そして浦島太郎は最後には別れて、やっぱり昔の平凡な世界に帰っていく」

雪絵は津田の目をじっと見て言った。

「女はそれでもいいのよ。その幸せな時間が欲しいのよ」

彼がなぜそんな話をするのか、杏には心当たりがあった。

前日に雪絵と蕎麦屋で会った時に話してくれた、杏以外の四人が通った地元の高校の楽しいエピソードを聞いていたからだ。

それは高校の体育祭の時の話であった。

三年の秋、今時はどこの高校でも絶対にやらない「借り物競争」が、なぜか行われた。

体育祭の実行委員の白石に、津田がこの競争を絶対やるように頼んだらしい。

そして津田が参加した借り物競争では、出場者は眼鏡やハチマキや帽子などを借りてゴールすることになっていた。

彼は前日に自分で考えたカードを作成して、みんなが走らない一番外に置くように白石に頼んであった。

津田はスタートすると一目散にそのカードを取って応援席に行き、雪絵の手を取ってゴールに走った。

一等賞だった。

ゴールの審判が、借り物カードに書いてある内容をハンドマイクで読み始めた。

「私の大事な恋人」

審判はすぐに大きな声で「失格」と言った。

津田がなぜだと審判に抗議した。

審判が「恋人は二人が同じ気持ちでないと成立しないから」と言って、念のために雪絵に確認をした。

雪絵は「ごめんなさい」と言って、津田に向かってお辞儀をした。

それを見ていた観客から大きな笑い声と拍手が、運動場を包み込んだ。

その時だった。津田が審判のマイクを奪い取って、

「皆さん、審判の山川は前から雪絵のことが好きだったのだ」と叫んだ。

これには先生や生徒、そして来客も手を叩いて喜んだ。

津田は雪絵と小学校から一緒だったが、恥ずかしくて面と向かって自分の気持ちを告白することができなかった。

津田はこの機会を生かして雪絵に告白をしたのだ。

杏はこの話を前日に聞いていたので、あえて話をそらした。

「白石君の家は、あの大きな桜の家の裏側だったよね」

「うん、裏側といってもかなり離れているけど」

「確かあの家に男の子が一人いたよね？」

白石が、

「その男の子は僕たちが中学生になった時に、確か京都の大学に進学をしたはずだ」と教えてくれた。そして彼の知っていることを話してくれた。

名前は航。本郷航だ。高校三年生の時は野球部でピッチャーだった。

彼はこの地域の女子高生の憧れだった。隣の高校の女子も、放課後、バスに乗ってグラウンドの彼の練習を見学に来ていた。

そしてこの地域では、彼は一番の秀才だと有名だった。

「航君は僕の親戚だから話は聞いたことがあったよ。小さい時から弁護士になると京都の大学の法学部を目指して勉強をしていたのに、なぜか直前になって医学部を受験して合格した。親戚中で、彼ならどちらでも合格できたと言っていたよ」

白石は知っていることを教えてくれた。この山村では、みんなが何かのつながりがある。

京都に帰ったら、情報をもとに本郷航を探そうと決めた。

こうして、中学を卒業してから初めての仲良しグループ五人の集いは終わった。

帰りに親戚のおばさんの家にお礼に寄った。

「おばさん、ありがとう。また来るからね」

おばさんが、畑で作った野菜を段ボールの箱にいっぱい入れてお土産にくれた。

助手席に積んでガムテープで蓋をしようとしたがガムテープがないのに気が付いた。鳥取砂丘でプレーボーイの二人にあげたのだ。

帰り道は曲がるたびに箱から野菜が顔を出した。

あの引っ越しの日に雪絵と七海が峠で見送ってくれた時のように、大根の葉っぱが手を振ってくれた。

第三章　浦島太郎は何処に

一

京都に帰ってからも、あの砂丘の二人のことが妙に気になったが、それよりも雪絵と七海からの情報をもとに、航が働いている病院を見つけるために、京都のおもだった病院のリストを作って順番に訪ねてみようと考えた。

だが、鳥取砂丘で知り合ったうちの一人は医者だと言っていたので、あの二人と友人になれば本郷航のことが早くわかるかもしれないと思った。

それと、スケッチブックに書かれた杏の思い出の水車小屋の絵が、なぜか心に引っかかっていた。偶然なのだろうか？

二人に会って確かめたかった。

まず秋吉に会って、そして高城とも親しくなって本郷航を探すことが早道だと考えた。

しかし杏は、スケッチブックに書いてある秋吉の電話番号に電話することは、どうしてもためらわれた。

なんとなくあの車のプレーボーイの落書きが気になっていたのだ。

だから偶然に会ったという作戦を取ることにした。

まず、秋吉が話していた大山マーケットにできるだけ通って、彼を見つけようと目を凝らして買い物をした。

時間を変えてみたりして何度も通ったのだが、彼に会うことはできなかった。

よくよく考えてみると秋吉が結婚をしているとしたら、買い物は奥さんがしているはずだ。

そうだとしたら、偶然会えるなんて無理だ。

しばらく経ったある日、大山マーケットの大売出しのチラシ広告が郵便受けに入っていた。

これはチャンスかもしれない。この機会が駄目なら仕方がない、こちらから秋吉に電話をかけようと決めた。

売り出し初日の土曜日は、夕方に行ったが会えなかった。

そしてこれが最後と決めて、日曜日の午後一番に行くことにした。

鳥取砂丘で秋吉が「たまに大山マーケットに行く」と言った言葉を思い出しながら、期待を持って買い物に行った。

でも、あの二人のことだから、休日はどこかへドライブに行ってスケッチをしている可能性もある。杏は半ば諦めと期待をもって大山マーケットに向かった。

店の駐車場で車を止める場所を探しながら、あの車が止まっていないか一周して確かめた。

そして奇跡は起こったのだ。あった、あの車だ。めったに見ない外国製スポーツカーだ。

「間違いない、見つけた！」思わず言葉が飛び出した。

車を止めて急ぎ後ろに回って確認をした。

あの時のテープがまだそのまま貼ってあった。

自分の計画の成功に、子供の頃に四つ葉のクローバーを見つけた時と同じくらいに興奮した。

はやる気持ちを抑えて、深呼吸をして店内に入った。

一度立ち止まって店内の男性客を探した。

店内は昼過ぎだからか比較的空いていた。その中で数人の男性客を見つけた。だが一人で買い物をしているのは年配の人たちだった。ほかの男性客を探した。

一組の若いカップルをフルーツ売り場で見つけた。後ろ姿だったが少し長髪なので、あの秋吉だとすぐにわかった。

杏は気付かれないようにそれとなく二人の近くに並んだ。横目で見た。若い女性と一緒だ。

彼に直接電話をしなくて良かった。こうして偶然会った方が、連れが奥さんだとしても自然な感じで知り合いになれる。

その時だった。彼が振り向いて杏に気が付いてくれた。

「あ！　偶然だね。先日はありがとう」

「いいえ、お元気でしたか？」と、ありふれた挨拶を交わした。

横にいた女性が軽く会釈をしてくれた。杏も少し照れながら会釈をした。

彼が女性に、「以前話した、鳥取砂丘でガムテープを貸してくれた人だよ」と紹介してくれた。

その女性が「今日は車でお越しですか」と尋ねた。杏は「はい」と答えた。

すると「レジを済ませてから駐車場に行きます」と、カートを押してレジの方に歩いて行った。

知的な女性だと思った。

彼が「そうだ、あのガムテープを返さなきゃ」と言って駐車場の方に歩きだした。

その彼についていきながら、やっぱりあんな素敵な奥さんがいるのだと少し心が乱れた。

彼がトランクからガムテープを取り出して、

「もういらなくなったのでありがとう、お返しします」と差し出した。

先ほどの女性が買い物袋を提げて車に戻って来た。

杏は改めて挨拶をした。

「深川杏です。京都の大学生です」

「私は純一郎の姉で寛子です。みやこ中央病院でお仕事をしています」

それを聞いた杏は、なぜか頬がほころんだ。

自分でもよくわからないが、（良かった、奥さんでも彼女でもなかった）と。彼と交際をしているわけでもないのに何か嬉しかった。

杏はこの二人と仲良くなれそうな気がした。

うまくいけば本郷航の情報も得られるかもしれないと考えた。


すぐ横の珈琲コーナーに三人で座った。

寛子は、セミロングの髪に大きな黒縁の眼鏡をかけていた。まるで大学の先生かお医者さんに見えた。

彼女が病院で働いていると言っていたので、それなら本郷航のことも何か知っているかもしれない。とにかくこの二人と仲良くなることだ。そう思って尋ねてみた。

「お住まいは近くですか？」

「ええ、私たちはあのみやこ中央病院の隣の家です」と秋吉の姉がさりげなく言った。

杏の記憶では確かかなり立派な家だった。

そして話をしているうちに、この二人はみやこ中央病院の院長の子供だと知った。さらに寛子が医者だと聞いて驚いた。

「杏さんはどちらの生まれですか？」

寛子が尋ねた。

「はい、私は中学を卒業するまで鳥取砂丘に行く途中の小さな山村で育ちました。春季村というところです」

「きっと自然の綺麗なところでしょうね」

「はい、とってもいいところです。ところで、寛子さんは今も恋人募集中なのですか？」

こんな奇抜なことをする人たちに興味があったので聞いてみた。

「ああ、あの車の落書きのことね。おかげさまで、もう募集してないわ」と言って楽しそうに笑った。

そしてこの日はお互いの電話番号を教えて別れた。


それからしばらくして、純一郎から今度の日曜日に郊外のグラウンドで草野球チームの試合をするので応援に来てくれないかと誘われたので行くことにした。

野球のことはほとんど知らないが、本郷が高校の時、野球部でピッチャーだったと聞いていたので一度は見てみたいと思っていた。

教えてもらった郊外のグラウンドにバスで向かったが、初めて訪れたグラウンドの大きさに驚いた。

その日は見事な晴天で、日傘をさして応援した。

グラウンドでは、今まさに試合が始まろうとしていた。

杏は純一郎のチームの応援席の一番後ろの席で応援をした。彼が杏を見つけて手を振ってくれた。

応援に来ていた人たちの熱気にはびっくりした。斜め前の女性グループの黄色い声援は、きっと彼氏が出場しているのだろう。

グラウンドを見ると、先発ピッチャーが試合前の投球練習をしていた。

前の席のカップルの男性が、

「あのピッチャーは僕が働いている病院の人で、科が違うので名前ははっきり知らないが、確か医者だった思う。前にも一度見たことがあるけど、きっと夜勤明けでたぶん一回だけ投げるのだろうな」

と女性に解説をしていた。

さらにその男性が、以前からあの投げ方はどこかで見たような気がしていたが今回も思い出せないと言っていた。

杏は少し離れているのと野球帽を深くかぶっていたので顔はよく見えなかったが、あのスタイルは高城に違いないと思った。さすがにサングラスはかけていなかったが。

　また前の男性が解説を始めた。

「やっぱりあのピッチャーの投げ方どこかで見たような気がする。高校の野球部の時、鳥取方面に練習試合に行ったんだけど、そこの高校のピッチャーがすごかった。確か県大会の決勝まで進んだはずだけど、あのピッチャーのフォームによく似ている」

　一回の表、高城がすごいピッチングをしていた。杏には何がすごいのかよくわからなかったけれど、彼が投げるたびにみんなが「ウォー」と叫んでいた。

　前の席の男性が、隣の友人と話すのが聞こえた。

「おい、あの人、名前はなんていったっけ？　確か本田とか……」

「いや、高城先生だよ」

「そうか、じゃあ僕の思い違いだな。世の中にはよく似た人がいるものだ」と言って笑った。

　そして彼女が、「そんなことより、この試合のあとどこへ行くのよ」と彼に聞いた。

　彼はピッチングを見ながら気のない様子で、

「うん。どこに行こうか……でもほんとによく似ているなあ」とつぶやいた。

　二回からは純一郎が投げて、高城はベンチで応援をしていた。

　試合は順調に進み、九回の裏で相手チームが一点リードしてツーアウト二塁になって、次の打者の純一郎を迎えた時だった。

応援席から「純一郎さん、打って」と黄色い声援が聞こえた。

相手のチームからもヤジが飛んだ。

「秋吉のプレーボーイ、打てるか」

それが聞こえたのか、純一郎が苦笑いをした。

そして純一郎が三振をして歓声が上がり、ゲームセットになった。

杏は今のヤジで、急に彼のことが不安になって来た。

試合は終わったが、彼を待たずに、なぜか帰りのバス停に一人で向かっていた。

きっと今頃、彼は私の姿を捜していることだろうと思いながら、杏はそのまま帰宅した。

それからしばらくの間、二人はなぜか連絡をしなかった。

杏はあのヤジが本当で、実は秋吉はプレーボーイなのではないかと思い始めたのだった。初めて春季峠で会った時に見た、車の後ろの落書きの意味が関係しているのではないかと思い始めた……。

杏は日に日に疑心が大きくなって来た。どうしても気になって、ついに姉の寛子に連絡をして会って聞いてみた。

「弟の純一郎さんはプレーボーイですか？」

「え、どうして？　あ、あの車の落書きのことね」と大きな目を見開いて笑った。

杏は、「先日、野球の試合の応援に行った時に、相手チームのヤジで〝プレーボーイ〟とひやかされていました」と話した。

寛子は「その話」と言って、笑いながら説明をし始めた。

「それはあのね、数年前に弟が捻挫をして試合に出らない時、主審を頼まれたことがあったの。あなたは野球のことはあまり知らないと思うけど、試合の初めに主審がこれより試合を始めますという意味で『プレーボール』と宣言をするのだけど、それを純一郎はふざけて『プレーボーイ』と言って、みんなで大笑いをしたことがあったのよ。それからは彼は野球の試合のたびによくひやかされるようになったのね。それと、車の後ろの落書きは、純一郎の友人の高城に向けて書いたのよ」

と、寛子は続けて落書きのことも説明してくれた。

「あいつは、私の車の落書きの張本人だったのよ。実を言うと、以前私と高城は交際をしていたことがあったの。彼が若い女の子と彼のマンションで同棲していたことが発覚して、別れたのよ。だからあいつが本当のプレーボーイなのよ。あいつは私にふられた腹いせに、弟と私が喧嘩をした時に弟をそそのかして、私の車に【只今恋人募集中】と書かせた。だから私は仕返しをしようと考えたの。でも高城は車を持っていなかった。あいつは弟の車でよくドライブに行くので思いついたの。それで、純一郎と高城が土曜日に鳥取方面にドライブに行く情報を得たので、純一郎が起きる前に車に落書きをしたというわけね。でも、それに気が付かないで鳥取砂丘まで走って、杏さんに落書きされていると教えてもらってテープを借りた。二人とも気が付かないなんて、本当に鈍感よね」

と言って大きな声で笑った。

杏はその話を聞いて、二人と初めて会った春季峠の蕎麦屋と鳥取砂丘のことを思い出していた。

寛子の話はまだ続いた。

「それから私の車の落書きのことだけど、あの落書きのおかげで、病院の福山先生と交際することになったの。福山先生はたまたま大学が同じで一年先輩だったので、冗談半分で声をかけたのだけれど、それが意外な展開になったの」

そして、あの車のいたずらがなければ、絶対に寛子は福山と交際することにならなかったと言った。杏は寛子の話を聞いて少し安心した。

杏は寛子に会って話を聞いてからますます彼女が素敵だと思うようになった。それと純一郎に少し好意を持った自分がいた。

純一郎は、東京で友人の絵の展覧会を見て帰ってくる。東京に行ってもう一週間になるだろうか?

その日杏は京都駅まで迎えに行くことになっていた。前日に聞いていた新幹線の停車位置でホームの間から墨絵のように見える京都の北山をぼんやりと眺めていた。

ほどなくして列車が到着しドアが開いた。

純一郎はドアから出ると一瞬立ち止まって杏を見つけると右手を軽く挙げた。

彼は並んで歩きながら「京都の桜はまだ満開なの?」と聞いた。

杏は微笑んで「うん」と答え彼の顔を見た。彼も優しく笑ってくれた。

桜と言えば、杏は京都に来てから毎年春になると思うことがある。

都の春は、桜の優雅な花吹雪と都人（みやこびと）の歓喜でお迎えする。

故郷では、夕日を眺める少女の肩に山桜の花びらが静かに舞ってから遅い春をお迎えする。

同じ桜なのに、こんなに違うのは何か悔しい気がした。

その日は、純一郎が駅の近くのレストランで杏の誕生日のお祝いをしてくれた。

彼は食事をしながら、新幹線の窓から眺めた桜の話をしばらく話していた。

そして桜色のロゼのグラスワインを注文して美味しそうに飲んだ。

杏は都で覚えた食後のデミタス珈琲を飲みながら、純一郎にどうして桜のことがそんなに好きなのと尋ねた。

「人も桜も満開の時はちやほやされて自分を見失う。それよりも最後の散り際が一番美しい。そして信頼できる。さらに葉桜には永遠の愛が見える」

と、彼は杏の目を見て言った。

しばらく沈黙があり、

「僕が絵を愛するのは、謙虚に自分の気持ちを表現できるからだと思う。ある意味、恋愛と同じ感情だ」と、つぶやくように言った。美術の教師の個性的な感性なのだろう。

それからは純一郎と杏は頻繁に会うようになっていった。

二

秋の終わり、雪絵から再度集合の絵葉書が来た。

『今度の日曜日に紅葉狩りを楽しみながらバーベキューパーティーを我が家でするので、仲間は集合せよ』と書いてあったので、杏も行くことにした。

杏はみんなと会うのも楽しみなのだが、春に帰った時に鳥取砂丘で純一郎に会えたことが嬉しかったので、時間があればまた砂丘に行ってみたい気持ちがあった。

『参加費は無料、お土産も持ち込みも不可』と書いてあった。雪絵らしいと思った。

でも杏は、手土産に京都の有名な和菓子を持っていくつもりだった。もう半分京都人になっていたのかもしれない。


杏は、今回も自慢の愛車で朝早く京都を出発した。途中の福知山で何時ものようにコンビニで珈琲を飲んで休憩をした。

一息ついて出発しようとエンジンをかけたが動かない。運転には少しは自信があったがメカにはめっぽう弱い。

どうしようと思案をしていたが、ふと国道の向こうを見ると『車の販売、修理、板金』の看板が目に入った。しかし店は土曜日なので開いていないようだ。

杏は駄目かもしれないが無理を承知で工場の横から声をかけた。

「すみません、どなたかおられますか」

「はい、いらっしゃい。今日は休みですが何か御用ですか」

店の奥から作業服を着て野球帽をかぶった青年が出て来た。

「車のエンジンが動かないのです。見ていただけないでしょうか」

青年は「どの車ですか」と言って二人で国道を渡り、車のボンネットを開けた。

キーを回したが反応がない。

彼は小さく「うん」と言って店に戻り、新しいバッテリーを持って来て付け替えてくれた。

キーを回すと元気よくエンジンは動いた。

お礼を言って代金を支払った。彼は「領収書を発行しますので」と名前を聞いた。

杏が「深川です」と言うと、彼は杏の顔をじっと見て、

「もしや春季村の人じゃないですか？」と聞いた。

「はい、そうです、春季村です」

「やっぱり。見覚えがあると思っていました。僕は中学であなたの二年後輩です」

「ああ、私も思い出しました。七海の隣の家でしたね。青木健ちゃんですね」

あの引っ込み思案の七海が、なぜか彼には大きな声で「健」と呼んでいたのが目に浮かんだ。

「深川さん一家が京都に引っ越しをして、雪絵さんも七海さんも高校を卒業すると、すぐに京都に行ってしまった」

「え、そうなの？」

その時、店の奥から若い女の人が赤ちゃんを抱いて出てきて、笑って挨拶をしてくれた。

健ちゃんがはにかみながら、「妻の香苗（かなえ）です」と紹介した。

杏も「ご主人と同じ春季村出身の深川です」と挨拶をした。

「赤ちゃんの名前は？」と聞くと、

「『春が香る』と書いて『春香（はるか）』といいます」と教えてくれた。

可愛い女の子だった。この子も春季村の女の子の一人だと思い、何だか嬉しくなった。

健ちゃんにお礼を言って春季村に車を走らせた。

雪絵が家の庭でバーベキューを始める用意をしてくれていた。

メンバーが集まると、雪絵が「みんなに紹介したい人がいる」と言って、家の中に入って行って一人の男姓を連れて出て来た。

「紹介します。藤原先生です。私が京都でアルバイトをしていたスナックのお客さんで、近くの病院でお医者さんの仕事をされていましたが、今は実家の鳥取の病院で働いておられます」

「藤原です。今日は、明日京都で知り合いに会う用事があるので寄り道をしました。久しぶりに雪絵ちゃんに会いたいときのう連絡をしたら、みんなが集まってバーベキューをすると聞いたので、僕が肉を買ってみんなに食べてもらいたいと雪絵ちゃんにお願いしたのです。仲良しの集いに突然お邪魔してすみませんが、どうぞよろしくお願いします」

藤原先生はぺこりと頭を下げた。

雪絵は「みんなに相談をしなくてごめんね」と言って藤原先生を杏の横に座らせると、冷えたビールを取りに家の中に入って行ったので聞いてみた。

「こんにちは、深川杏です。雪絵とは小さい時からの友だちです」

「はい、杏さんですね。雪絵ちゃんからよくあなたのことは聞いていましたよ」

「ありがとうございます。ところで、雪絵はなぜ京都で働いていたのか聞いていますか？」

「僕もよく知らないのですが、偶然友人と職場の近くのスナックでアルバイトをすることになったとか……。僕もそこで彼女と知り合ったのですが。そうだ、前に聞いたことがあるのですが、『都の竜宮城が見たかった』と言っていましたよ。僕も意味があまりよくわかりませんでした」

そんな話をしている間に、肉が焼けたおいしそうな匂いが立ち込めてきた。

あのおとなしかった七海が「ビールで乾杯をしよう！」と言って、元気な声で「乾杯」と音頭をとった。それから隣に座っている白石と、何やら二人で話し込んでいた。

あとで知ったのだが、七海は白石がやっているバンドの専属ボーカルをやっているらしい。

その日は三時間ほどで解散した。

杏は、いつものようにおばさんの家に泊めてもらった。

藤原は雪絵の家に泊めてもらうので、明日、杏の車で京都まで帰る約束をした。

翌朝、杏は藤原を雪絵の家に迎えに行った。

彼は助手席に乗り込むと、窓を開けて見送りに出ていた雪絵と母親にお礼を言った。

雪絵の母親が、

「無理をお願いしますが、よろしく」と言って頭を下げた。横の雪絵も「よろしくお願いします」と言っていた。

帰り道、二人の会話は、ほとんどが藤原の鳥取の名物自慢と病院の話だった。病院は同じ大学の先輩や後輩が多く働いていると話していた。

京都が近くなった時に、杏は勇気を出して、

「先生が以前勤務されていた京都の病院に、本郷という名前の先生はおられましたか」と聞いた。

藤原はしばらく考えてから「いませんでした」と言った。

その時、なぜか杏は藤原が何かを知っているのではないかと感じた。

藤原と別れて一人で運転をしながら、春季村で別れる時に、雪絵親子が揃って何かをお願いしますと言っていた。何を頼んだのだろう?

朝日荘が見えた。

そのことは杏には関係のないことだと思い、すぐに忘れた。

第四章　竜宮城の舞台裏

一

京都に帰った杏は本郷航が働いている病院を本気で探そうとしていた。ちょうどその頃に本郷航は半年前から誰にも悟られないようにゆっくりと母親と計画した事の準備を進めていたのであった。

杏は大学の授業が午前中で終わる日に、リュックサックに前日に買っておいた菓子パンとお茶を詰めて出発した。

そしてリストを手に、京都のおもだった病院の受付で「本郷航先生という方はおられませんか」と尋ね歩いた。

だが、どこの病院でも本郷先生は働いていなかった。

ある病院に本郷先生という方がおられた。杏はやったと思った。だが年齢が違った。

最後に、バスに乗って少し離れた郊外の病院を訪ねてみたが、やはりこの病院にもいなかった。

本当に本郷は京都の病院で働いているのだろうか。かなり不安になってきた。ため息をついて病院を出たところで、もう一度振り返って病院を見て、今日はこれを最後にしようと決めた。

その時だった。後ろから声をかけられた。

「深川さん？」

「はい」と思わず声が出た。振り向くと津田次郎だった。

「杏ちゃん、どうしたの。どこか悪いの？」

「ううん、用事で来たのよ。津田君はどうしたの？」

「僕は営業で、病院には仕事だよ」

そういえばビジネススーツにネクタイを締めていた。

先日春季村で会った時に、高校を卒業して京都の医療関係の会社で働いていると言っていたのを思い出した。きっと雪絵が昔から京都で働きたいと言っていたので、それも関係あるのだろう。

でも、本当にこんな場所で津田に会うとは夢にも思っていなかった。

津田が、

「この近くに花がいっぱいの珈琲の美味しい店があるから行こう」と誘ってくれた。

そこで意外な話を始めた。

「杏、この病院に知り合いでもいるの？」と聞いた。

杏は、「女子校の友だちが看護師をしていると聞いたので尋ねたの」と言ってごまかした。

津田は春季村で三人の娘が野犬に襲われて本郷航に助けてもらったことは知らないのだ。

「そうだ、友だちの話と言えば、白石のバンドのライブを聞きにいった時に、七海がボーカルで歌っていた。杏は京都の高校に行ったので知らないと思うけど、あまり目立たなかった白石が、高校の時に仲間とバンドを組んで文化祭で演奏をしていたんだ」

あの恥ずかしがり屋だった七海がバンドをバックに、その頃流行りの歌手の歌を唄ったのだ。

それには先生方も生徒も全員びっくりした。七海があんなに歌が上手いとは誰も知らなかったから。

杏は、そう言えば春に仲間が集まった時に、白石と七海が何かスケジュールの打ち合わせをしていたことを思い出した。

ライブが終わると、津田は花束を持って楽屋に行って少し話をしたという。

「杏もたぶん覚えていると思うけど……」

春季村の有名な秀才でスポーツマンの本郷航に七海が偶然に会った話を聞いたと言った。

春季村で有名だった本郷が京都で医者になって働いている病院に、七海が患者として行って驚いたと言っていた。

七海はそれをきっかけに、本郷航と昔の話をして数回食事に誘ってもらった。それから本郷が女性と同棲しているらしい話も聞いた。

杏は、春季村でバーベキューをした時、七海はその話はしなかった。なぜだろう？……と思った。杏は少し寂しい気持ちになった。

「そんな話より白石は独身で、今でもきっと杏のことが好きだと思うよ」

だから実は杏一家が京都に引っ越しをした日に、白石は一人で峠道が見えるところで手を振って杏を見送っていたのだという。

杏の引っ越しの前日に白石は津田のところにカメラの望遠レンズを借りに来た。津田はきっと杏の姿を写すのだと思って貸したらしい。

杏はその話を聞いて驚いた。杏は峠の二人しか見ていなかったので、白石には全く気が付いていなかった。

「津田君、それは違うよ。白石君が好きなのは七海だと思うよ。だって中学卒業の前に、七海は白石君から交際してほしいと書いた手紙をもらったから相談に乗ってほしいって言ってきたもの。だから私の引っ越しの日は私の写真を撮っていたのではなく、峠で見送っていた七海を撮っていたのだと思うよ」と説明をした。

津田は少し驚いた顔をしたが、何かを納得したようだった。ぽつんと「そうだったのか」とうなずいた。

今度は杏が、

「津田君は、昔から雪絵のことが好きだったよね。今も好きなの？」

「僕はあの恋人確保の葉書が来た時から、雪絵のことは諦めたよ。今はどこで何をしているのかも知らないし」

そして彼は、あの葉書の消印が京都だったこと、でも何区まではインクが薄くて読めなかったと教えてくれた。

「雪絵に会ったら津田君のことを話して聞いてみようか？　彼女はあの葉書の彼氏と別れて今は独りだよ」

「もういいよ。今は結婚を約束した彼女がいるから」

と言って苦笑いをした。

「そうなの？　おめでとう。結婚式の招待状を頂戴ね」

杏は子供の頃から彼の性格をよく知っていた。だから本当はそんな彼女はいない、見栄を張っているのは間違いないと思った。

杏は話を変えた。

「津田君、今の仕事は楽しい？」

「そうだね、もう三年になるし僕はこの営業の仕事が向いていると思う。自分の受け持ちの病院に毎日車で回っている。それに僕は車の運転が好きだし」

杏は春季村で集合した時、かっこいいスポーツタイプの車で来ていたのを思い出していた。

津田はさっきまでと違って明るく楽しそうになっていた。そして、話し始めた。

「杏はこんな話は興味がないと思うけど、営業の仕事をしているといろいろと面白い話を同僚から聞くことがある」と言って話を始めた。

「ある病院の院長が、自分の医者の息子と大きな有名な病院の医者をしている娘と結婚させて、お互いの病院の繁栄を考えたらしい。杏も名前は聞いたことがあると思う。守秘義務があるから名前は言えけどね」

杏は話を聞いてそれは純一郎の姉の寛子と高城のことではないかと思った。それを聞いて、急に興味が湧いて来た。

「それでその話はどうなったの？」

「ところが最近、その企てに齟齬（そご）が生じたようなんだ。双方の親は大学の同期で、その医者の息子は勉強のために、相手の病院に勤務しているんだけど、そいつは女癖がかなり悪いらしくて、その噂が息子の父親の耳に入った。それで父親は、娘の父親の院長に頭を下げて謝ったらしい。それと、実はその息子というのはその院長である父親の妹の子らしくて、どうやら養子らしい」

「その話は信用できる話なの？」

「その病院を担当している営業が、病院の古株の事務員から聞いた話なんで間違いないと思うよ」

杏は、「養子」と言う言葉でピンと来たのだった。

本郷が京都の病院で仕事をしていることは知っていても、養子になって名前が変わっていることは全然知らなかった。妹の子ということなら、苗字は変わっているはずだ。だとすると、本郷から高城に変わっていると気が付いた。どうりで本郷航はいくら捜してもどこの病院にもいないはずだ。

「でもこの話には何か僕たちには理解できないもっと裏があるようだ」と言った。

「内密の話だから誰にも言わないと約束してよ」と言って話の続きをした。

津田は水を一口飲んで話し始めた。

「実はこの話にはもっと大きな裏話があった。その女癖の悪い息子の病院には、最近別の病院グループからさらに条件の良い話があったのだ。そこで院長は悩んだ末に一計を講じた。それで跡継ぎの養子の悪い評判を利用して、自分の息子が一方的に悪く、迷惑をかけたからこの話を辞退したいと娘の父親に申し入れたのだそうだ。それに最近来ている別の話も評判の悪い息子がいる病院などとグループ提携はしたくないのは当然だ。将来の院長のイメージを上げておかないとうまく話が進まないのだ。だから高城院長は躍起になって、その噂を消しに動いたのだった」

杏はここまで津田の話を聞いて、話の筋道がつながったと思った。あとは純一郎に頼んで確認をしてもらおうと考えた。でも、世の中にはこんな不思議なことがあると思い知った。

杏は、あの高城が本郷航だとすると、蕎麦屋と鳥取砂丘で本郷航とすでに会っていたことになるのだ。

杏は自分には知らないことがまだまだたくさんあることに気が付いた。

当然頭の中は大混乱していたが、津田にはそんなそぶりは見せないで、それから一時間ほど話をして別れた。

津田は自分を鼓舞するように、元気に病院の玄関に向かって歩いて行った。

杏は、その後ろ姿に一段と男らしくなったと思った。

あとで知ったことであるが、その頃、津田が雪絵に頻繁に連絡を取っていたらしい。しかし、結局ふられたようだった。

葉書で雪絵がほかの男と同棲していたことを知っている杏には、男のプライドで雪絵に連絡を取っていたことを知られたくなかったようだ。

帰り道、杏はバス停で待っている間に、こんなにまでして捜して本郷航に会ってどうしたいのか、自問自答を繰り返していた。

もし高城が本郷だったら、あのヒーローの本郷はもういないのだと気が付いた。

あの、少女から一歩大人になったような恋心の整理をしたいだけなのか？

顔もはっきりとは覚えていないのに、あの手のぬくもりだけはどうしても忘れられないのだった。

会って何をしたいわけでもない。でも、あのヒーローの時の航に会いたい。

今は自分には純一郎という大事な人がいる。

でも、本郷に会って竜宮城の招待状を返してもらってからでないと、純一郎に気持ちを伝えられないと思っている。招待状ではなく、ただ気持ちの問題なのだ。

二

そんな気持ちのまま数日が過ぎた頃だった。

雪絵が電話で、杏に話したいことがあるので京都に行って、その日は杏のアパートに泊めてほしいと連絡をして来たのだった。

京都に来る約束の日の昼過ぎに、いつもの愛車で京都駅に迎えに行った。

雪絵はバスと山陰線を乗り継いで、三時頃にやって来た。

まず朝日荘に帰る前に、二人で夕食の材料を買いに大山マーケットに行った。

夕食は、杏が母親から伝授のオムライスを作った。

雪絵は、

「懐かしい。子供の頃に私の母が忙しい時に杏のおかあさんが夕食に作ってくれたのと同じ味だ」と喜んだ。

そして食べながら「あの頃は楽しかった」とつぶやいた。

何か悩みがあるような感じがした。

雪絵が突然、

「そうだ、もう大人だし、お酒を飲もう」と言って、「買いに行ってくる」と出かけた。

しばらくすると、ビールとワインとおつまみを買って帰ってきた。

杏は、「よくお店がわかったね」と言った。

すると雪絵は神妙な顔になり、

「実は以前、この辺りに一か月ほど住んでいたことがあるの」と答えた。

「杏、今まで言わなかったけど、この近くである人と同棲していたの。でも彼は職場に恋人がいたのよ。その人に私のことが知れて当然彼とその女性は別れた。だから私も彼とは別れることになって春季村に帰った。春に峠のお蕎麦屋さんで杏に聞かれた時はただ実家に帰っていると言ったけれど、本当は彼の二股のプレーボーイが原因だったの」

お酒で感情が昂ったのだろう、目にはあふれんばかりに涙をためていた。

きっと彼のことを思い出して会いたいのだ。

だが、その人は誰？　とはあえて聞かなかった。雪絵から話してくれることを信じていたからだ。

雪絵の話は津田から聞いたあの病院の医者の話と同じだと思った。だから津田と偶然に出会ってそこで聞いた話を雪絵にした。

雪絵は黙って聞いていたが、条件のよい大きな病院のグループの裏の話になるとなぜか真剣な表情になった。

その話の中で津田は同棲をしていた女性の名前は誰なのかは知らないと言っていたが、杏はその女性は雪絵だったと確信を持った。

ただ、雪絵がその彼といつ親密になったのかがわからない。杏が思い切って聞いた。

「その同棲していた人を愛していたの？」

しばらくの沈黙のあと、雪絵が重い口を開いた。ビールを一気にあおってからゆっくりと話し始めた。

雪絵はお酒の勢いでその彼を愛していると話した。

「春に村で会った時に彼が働いている病院の名前は杏たちには知らないと言ったけど、実は知っていたの。だから彼が働いている病院の近くの洋菓子店に就職をして、夜はアルバイトで病院の先生などがよく来るスナックで働いて彼が来るのを待っていたの」

そして簡単に彼を見つけた。

苗字は高城と違っていたが七海の情報から、たぶん養子になって変わっているのだと推測できた。

彼が高三の時に野犬に襲われた日から会っていなかったが、隣同士なので子供の頃から見ていたので本郷だとすぐにわかった。あれからあまり変わっていないと思った。

逆に、彼はまだ小学生だった雪絵の変化にはすぐには気が付かなかったようだ。

でも子供の時から美人で評判だった雪絵のさらに念入りの化粧をした誘いには簡単に応じた。

そして彼もすぐに同じ村の隣の家の雪絵だと気が付いた。

二人は当然のように航のマンションで同棲生活を始めた。この頃に〝恋人確保〟の葉書を出していたのだ。

同棲を始めて一か月ぐらい経った時、突然、彼が告白をした。

「本当は別に交際している人がいたんだけど、君とのことが見つかって別れた」と。

彼は二股をかけていた。当然雪絵も彼と別れることにした――。


話を聞いていた杏は、雪絵がかわいそうになった。

「雪絵、話してくれてありがとう」

初めに話し始めた時から二人は『彼』が誰のことか知っていてあえて名前を言わなかった。

杏はあえて名前で言うならば浦島太郎だと思った。

彼はやっぱりプレーボーイだったのだ。

あの頃の三人の娘のヒーローは、今はどこにもいなかった。

でも雪絵は、何かの板挟みになって苦しんでいるように見えた。それはきっと愛情と友情ではないかと杏は考えた。

杏はもう適当な言葉が見当たらなかった。

やっと出てきた言葉は「もう寝ようか」だった。本当は雪絵がもうこの時には航と恋人関係になっているのだと思ったがはっきりと言えなかった。


翌朝、二人は何事もなかったように近くのハンバーガーショップで軽い朝食を無口で食べて、杏の車で京都駅まで送って行った。

車を降りる前に雪絵に声をかけた。

「次の春はきっと満開の桜が咲くよ」

雪絵は少し不自然に笑ったように見えた。

それから雪絵はより無口になり、何かを考えている様子だった。

そして別れ際に、意を決したように、「昨日からの話は、すべて彼が書いた筋書なの」と言った。

「え、それは何のこと？」

杏は意味が理解できなかった。

「今はそれだけしか話せない……ごめん」

それを聞いた杏は、すごいショックを受けた。

雪絵は最後に泣きそうな小さな声で、

「ごめん。だますつもりはないの」

と言って、振り向くこともなく駅に向かって歩いて行った。

三

やがて京の都にも木枯らしが吹く季節が孤独を連れてやって来た。

雪絵が春季村に帰ってから、杏はすぐに純一郎に「頼みたいことがあるの」と連絡した。

杏は友人の津田から聞いた話として、

「私たちが捜していた本郷航という人だけど、実は純一郎さんの友人の高城さんなんじゃないか？　それが本当か確かめてほしいの」と頼んだ。

杏は友人から聞いた詳しい内容を純一郎に話したが、「でも私の推理と想像もあるから、これといった確証があるわけでもないのだけど……」とも付け加えた。

話の大筋としては、どこかの病院で働いている先生が、いずれ親の病院に帰り院長になるということらしい。

純一郎は、「医者の世界ではよく聞く話だね」と言った。

しかし純一郎も、この話はやはり親友の高城のことではないかという思いがあった。

高城は若い女性と同棲をしていたことがばれて、姉の寛子に交際を断られたらしいと聞いていたからだと杏に話した。

杏はもう間違いないと思ったが、念のために本人に聞いてほしいと頼んだ。

純一郎は承諾して、早速高城に会って聞いてみることにした。

二人はいつものスナックで夜遅く待ち合わせた。

「次のドライブの話なら電話でもいいのに」と笑いながら言った。

「いや、今日はお前の顔を見て直接聞きたいことがあるのだ」

二人はいつものように、まずビールで乾杯をした。

「聞きたいこと、何？」

「以前、航は高城病院の息子だと言っていたよね」

「そうだよ、高城の息子だよ」

「でも、僕の高校時代の友だちが高城病院の近くに住んでいて、あの病院には子供がいなかったと言っていた記憶がある。それと、大学一回生の夏に、仲間数人で海に行ったことがあっただろう？　あの時、航の腕の傷を見て、どうしたのと聞いたよね？　その時に航は『この傷は高三の時に三人の女の子を野犬から助けて、その時に野犬にかまれた傷だ』と言っていたよね。実は、お前も知っている鳥取砂丘で知り合った京都の大学生の女の子の深川杏だけど、僕は彼女とあれから交際をしている。その彼女がその三人のうちの一人なんだ。だからこの話を確かめてほしいと頼まれた。それは、高城航は本郷航なんじゃないのかっていうことなんだ。というのも、彼女が小学生の時に野犬に襲われて、本郷航という高校生の男の子に助けてもらい家まで送ってもらったことがあったらしい。その彼には今も腕に野犬にかまれた時の傷が残っているはずだと話していた。その時、友だちと三人でお礼として彼に玉手箱を渡したんだけど、その中にみんなからの手紙と竜宮城への招待状が入っていて、十年後まで開けない約束をした。そして十年が経ち、杏も京都の大学三回生になって、同じ京都で医者をしているはずの彼に会いたくて捜した。でも、本郷航という名の医者はどうしても見つからなかった。ところが、名前は違うが似たような境遇のお前がいることを知った、だから親友の僕に確かめてほしいということなんだ。

それについて僕も少し疑問に思っていたことがあった。あの鳥取砂丘にスケッチドライブに行った時に、航はあの春季村の大きな桜の木がある家を随分気にしていたよね。それはなぜなんだ？」

「それは、あの大きな桜の木のある家は僕の生まれ育った家だからさ。高校まであそこに住んでいたんだ。今は母親が一人でのんびりと暮らしている」とさり気なく話した。

「じゃあ、やっぱり航は杏の言うとおり本郷航だったんだね。なのに、どうして母親のいる家に寄らなかったの？　それとどうしてそのことを黙っていたのか話してくれる？」

「別に黙っていたわけではないし、家に寄らなかったのは養子に行った身でそうそう顔を出すわけにもいかなかったからさ。君もいたしね。僕が大学に進学する時に、母の兄の高城病院の院長が、僕に医者になって将来は高城病院の院長になって継いでほしいと言って来たんだ。母の実家の高城病院の兄夫婦には子供がいなくて跡継ぎがいなかったからだよ。だから大学に入学するまでは本郷航だった。けど、養子になって高城航になった。それだけのことさ。だから高城の息子だというのは当然だろう」

　高城はそう話すと不思議そうな顔をして、

「それが何か問題でもあるの？」と言った。

　そしてビールを美味しそうに飲みながら、

「なにも隠すことではないけど、特別に話すことでもない」と笑った。

純一郎は、そんな航のことを親友なのに水くさいやつだと思いながらも、次の質問に移った。

「野犬の事件は、春季峠の蕎麦屋の近くなの？」

「そうだよ。峠からも見えるけど、村のかなり端だな」

と言って純一郎にビールを注いだ。

「それにしても、あの頃小学生だった少女が大人の綺麗な女性になっていたのには驚いた」と大げさに言った。

「最近、そのうちの一人と食事に行ったんだけど、そのあと居酒屋に行っていろいろ話をしたんだ。その彼女は野犬に襲われたあと、僕が送る途中で雨になって、水車小屋で一緒に雨宿りをした娘がいたんだけど、その時の娘だと言っていた。そういえばそんなこともあったなと懐かしかったよ」

純一郎は驚いた。杏から同じ水車小屋の話を聞いていたからだ。しかし、杏は航と食事など行っていないはずだ。

ということは、雨宿りをした小屋の中には二人の娘がいたのだろうか。

純一郎は航に確かめた。

「小屋の中にいた娘は二人だったの？」

「どうして？　一人だけだよ」

「それは杏だったのか？」

「さあ……みんな子供だったからな、誰だったかなんて覚えてない」

そうすると、そのどちらかの一人が嘘を言っていることになる。

杏に頼まれて航に話を聞いているが、今度は反対に杏の話が本当なのかわからなくなってきた。

彼女はあの小屋の中のことは、純一郎以外には誰にも話していないと言っていた。

なのに、航に会って小屋の中にいたと話した人物がいることになる。その時の子だと言っている。それは誰なのだ？　杏が嘘をついているのか？

今度は純一郎が杏に疑心を持った。

それからしばらく飲んだあと、純一郎はもやもやした気持ちのまま居酒屋を出て航と別れた。


純一郎は杏に報告した。

「高城は、捜していた本郷に間違いなかったよ」

「ありがとう。これでいろいろなことが納得できたわ」

「でもね……」と言って、純一郎は水車小屋の一件を話した。

その娘は最近航と会って食事をし、あの時中にいたのは自分だったと言っていたらしいと伝えた。そして杏に、

「あの水車小屋の話は、杏のほかに誰も知らないよね」とあえて確認した。

「純一郎さん以外には誰にも言っていないわ」と杏は答えた。

だが杏にはわかっていた。なぜなら中学卒業の前に、七海から小屋の隙間から見ていたと聞いていたからだ。そしてそれを雪絵にも話したと言っていたから、航と会ったのは雪絵と七海のどちらかだと考えた。

だから何か気まずくなったが、純一郎には二人のことは話さなかった。

いずれ話す時が来るはずだと考え、今は話すのをやめた。


純一郎が杏に会って、高城は本郷だったと報告をしてそれから数日が過ぎた。

純一郎は高城いや本郷航をいつものスナックに呼び出した。今でも親友だと思っている彼の昔の話を、どうしても知りたくなったからだ。

「急にどうしたの？　先日会ったばかりだよ」

航はそう言って笑った。

純一郎は会うなり「早速本題に入るよ」と言った。

「実は親父に話を聞いて、僕はびっくりしたよ」

純一郎は、あれから父親の秋吉院長に、航のことをいろいろと聞いたのだった。

「航も知っているとおり、僕が病院の仕事に向いてないことは親父も知っていたから、姉の寛子に医者になってもらい、後を継がせる予定だった。そして親父の学友だったお前の母親の兄さん、つまり高城病院の院長と二人で、ある計画を立てていたらしい。それはお前と姉さんを結婚させて、二つの病院をさらに発展させたいということだ。だから子供のいない高城院長は、どうしてもお前を養子に迎えたかった。そして医大に通わせて養子になってもらった。だが、親父が高城院長から聞いた話では、お前は姉さんと交際しているのに、若い女性とマンションで同棲しているという。それを聞いた高城院長は、姉さんに申し訳ないと思っていろいろ調べたらしい。すると看護師などの情報で、ほかにも若い女性の患者と夜の食事に行ったりしているることがわかったし、それだけじゃなく、ほかにもあまり良い話を聞かなかったと困っていた。それでお前を問い詰めると、『同棲と言うが、あれは故郷から出てきた親戚の子をしばらく預かっていただけで、今はもう故郷に帰っている』と言った。『患者と食事に行ったのは、昔からの知り合いだったということだけ。周りにいる看護師にもあえて隠すようなことはしなかった』。お前はそう言って少しも悪びれた様子がなかったというが、本当にそうなのか？」

「そのとおりだよ。何もやましいことはない」

「それで高城院長は、お前に『君は将来この病院の院長をやってもらうのだから行動には十分気を付けてもらわないと困る』と注意をして、お前も『これから気を付けます』と謝ったらしいな。でもその時から高城院長は、お前を養子にしたのは間違いだったと思い始めていたらしい」

純一郎がそこまで話すと、話を遮るように航が言った。

「純一郎。以前、春季峠で蕎麦を食べた時、お前に言った言葉を覚えているかい？」

「よく覚えているよ。『お前は昔から本当に気楽だよ』だろう？　医大をやめて好きな美大に行って、今は高校で教師をしているってことを指して言ったんだよな」

「そうだ。だけど僕は、これからの人生を高城病院のために捧げていかなければならない運命なんだ。僕の両親は山登りが大好きで、そこで知り合って恋愛結婚をした。だから僕もその血を引いているんだと思う。そしてお前も知っているとおり、あの美しい春季村で高校まで生活していたからな。いろいろな思いはあるよ」

航はなぜか哲学的なことを言った。

「純一郎。お前に話すのは初めてだと思う。僕が小学校六年生の時、父親が病気でこの世を去った。それからしばらくして、お袋の結婚に反対した実家の祖父が亡くなった。その頃から、お袋の兄の高城院長には経済的にも援助をしてもらっていた。だから僕たち親子は高城院長には恩義がある」

「大体の話はわかった。でも、それじゃなぜ高城院長が心配するような行動をするんだ？」

「そんなつもりはないんだ。だがいろいろ考えるところがあってね」と少し笑った。

純一郎がビールを航に注ぎながら、

「そうか、わかった。僕はお前を信じているよ」

すると航が真剣な顔で、

「今はまだ言えないが、次に会った時に報告することがある」と意味ありげに言った。

「何？」

「今は言えない」

次回のドライブの行き先と日時を決めると、二人はもう一度ビールで乾杯をして別れた。

第五章　アベンジャー

一

ついにあの母の手紙を開けてアベンジャーになる日が航にやって来た。

手紙を読んでから数カ月がすぎた。まず計画を確実に進めた。航は母のすごい執念に衝撃を受けたと同時に、あの子供の頃の言いしれぬ悔しさがよみがえって来た。

母に連絡を取り、夜遅く同僚に車を借りて、一人で春季村に向かった。

故郷が近づいて来ると、航は胸に湧き上がるものがあった。

それは高校を卒業して京都の大学に進学を決めた日に、母と二人で夜遅くまで話し合ったことだった。

「あの頃のことは航も忘れてないよね。お前が六歳の時だったね。お父さんのことはよく覚えているよね」と母は優しく言った。

小学校に入る少し前だった。父親が重い病で地元の病院に入院していたのだ。

航はその時のことを母に言われなくても鮮明に覚えていた。

航が午後十時過ぎに村に着くと、懐かしい家にぼんやりと明かりがついていた。それを見て航は決心をした。

家に入ると、母と隣の雪絵親子の三人が待っていた。

雪絵が、「お帰りなさい、待っていました」と言って航の横に座った。

航がまず報告をした。

「お母さん、玉手箱の手紙を読みました。僕もあの夜にお母さんと話したことは今も変わりません。高城院長は僕のことを予定通りに跡継ぎに相応しくないと考えはじめているようです」

「それと雪絵、京都では本当にありがとう」と航は言った。

「短い間だったけど、航さんと一緒に暮らせて嬉しかった」

「雪絵は台本以上によくやってくれたよ。スナックのバイトをやっている時から僕をプレーボーイにしてくれてた」と雪絵を褒めた。

「雪絵は友だちにも本当のことを話せずにつらかったと思う。これで僕も母の計画を最後までやり遂げる決心ができた。七海が病院に会いに来たのは想定外だったけど、おかげでうまく悪い噂を広めることができた」

航は雪絵を京都に呼んで、航のマンションでしばらく同棲をしたのだった。

そしてわざと噂になるように派手に動いた。

当然、交際をしていた純一郎の姉の寛子の耳にも届いていた。予定していたかのように二人はあっさりと別れた。

それで雪絵も役目を終えて春季村に帰って来ていた。

そのほかにも、わざと若い女性の患者と食事に行ったことも噂になった。

噂を聞いた高城院長はみやこ中央病院に行って、

「航は本当にまじめな好青年だと妹から聞いていたのに、寛子さんにはすまないことをした」

と言って詫びた。

「どうやら養子縁組の解消に動いているようだ。院長の奥さんの親戚に跡継ぎの候補ができているようだ。これでまた母さんと一緒に暮らせそうだね。仕事の方は、雪絵も会ったことのある大学の先輩の藤原先生が、鳥取の病院で働かないかと誘ってくれている。これから時間があれば、父さんや母さんたちみたいに山登りもしてみたいなと思っている」

航がそう言って笑顔を見せると、それを聞いた二人の母親が、顔を見合わせて嬉しそうに笑った。なぜか横にいた雪絵が「楽しみだ」と言った。

二人の母親は、航と雪絵の関係に以前から気付いていた。

それは雪絵の高校三年の夏休みのことだった。

航が家に帰って来た時に、雪絵の母親に頼まれて夜遅くまで勉強を教えていた。

雪絵の家は母子家庭だったので、母は夜遅くまで仕事をしていた。家の用事は母に代わって雪絵がほとんどやっていた。そのために学校の勉強がおろそかになっていたのだ。

雪絵の母親は担任の先生に呼び出されて、「このままでは卒業は無理で留年です」と言われていた。

そこで慌てた母親は、仲良くしていた航の母親に、航に家庭教師をやってほしいと頼み込んだ。

最初は雪絵も恥ずかしがったが、航の説得でがんばる決心をした。

その結果、最後のテストで見事に良い成績を取って卒業のめどが立った。

母親が仕事で遅くなった日は、当然二人きりだった。

隣同士だったが、年齢が離れていた二人は、小さい時から顔は合わせていても、野犬に襲われて助けてもらったあの日まで、ほとんどお互いに言葉を交わすことはなかった。

だが高校三年生になった雪絵は、自然に航と大人の恋に落ちたのだ。

しかし、それはあの三人の玉手箱の約束を裏切ることになってしまうと思ったから、二人は雪絵が二十歳になるまで関係は絶対に秘密にする約束をしていた。

そして航は母と雪絵親子にこれからのことを指示して、次の日の朝早く京都に帰っていった。

二

雪絵は高校を卒業すると京都の専門学校に行って洋菓子店で働くようになり、夜は同僚がみやこ中央病院の近くのスナックでアルバイトをしていたので、頼み込んでそこでアルバイトをさせてもらっていた。

そのことも航は上手く途中から台本に組み込んだ。

そして雪絵が二十歳になった頃に、マンションに呼びよせて二人で同棲生活を始めた。

計画どおり、あえて隠すことはしなかった。

すると、たちまち航の職場の噂になって拡散した。

航と交際を始めていた寛子は、すぐにその噂の真相を問い詰めた。

航は自分の非を認め寛子に謝ったが、寛子は許さず二人は航の母の計画したように別れた。

そんなことがあっても、航は何くわぬ顔でいつものように病院で勤務をしていた。雪絵も以前働いていた洋菓子店の寮に入り仕事をしていたが、航の指示で春季村に帰っていった。

　そんなある日のことだった、航の病院に七海が診察に訪れた。

「次のお待ちの飯森さん」と看護師の呼ぶ声が聞こえた。

　一人の若い女性の患者が診察室に入って来た。それが七海だった。

「先生、先日はありがとうございました」

　七海が再度診察に来た。

　高城は「前回来られた時とどうですか？」と尋ねた。

「おかげさまで大分よくなったように思います」と言って、そのあとに小さな声で、

「高城先生は春季村の本郷さんですよね？」と言った。

「どうして僕のことを知っているのですか？」

　七海は前回診察に来た時に、声を掛けようと思ったのだが、患者が多くて忙しそうだったのでそのまま帰った。高城、いや本郷航はやっぱり名前だけでは、七海があの春季村の少女だとは気が付いていなかった。

　本郷航はしばらくあっけにとられて七海の顔を眺めていた。

「そうですか。あの頃は小学生だった少女がこんな娘さんになられて驚いています」

七海は約束の食事に連れて行ってくださいと、店の名前と電話番号が書いてあるメモを渡して、「このレストランで七時にお待ちしています」と誘った。

航は周りの看護師にあえて聞こえるように、

「七時にこの店ですね。必ず行きます。楽しみです」と言った。

悪い噂の駄目押しをしていた。

七時過ぎにレストランに着いた。

七海は先に来ていた。

椅子から立ち上がり挨拶をした。

その時、航は気が付いた。

確かあの時、自分が送って行って水車小屋で雨宿りをした少女に「何年生?」と聞いたが、小柄だったと記憶していた。

七海は小学校から三人の中で一番背が高かった。

「君は背が伸びたね?　モデルさんみたいだよ」

「そうでした。あの頃はまだ小さかったですが、中学三年生ぐらいから背が急に伸びました」

七海はとっさに嘘を言った。本当は同級生の中では小学校から一番背が高かった。

「それより、今日は聞いてほしい話があるので」と言って航の目を見つめた。

「私はあの日から、航さんの恋人になることをずっと夢見ていたのです。そして十八歳になった時に、私には好きな人がいるとみんなに話しました」

「ありがとう。あの日からそんなに僕のことを思ってくれていたんだね」

「あの玉手箱の手紙はもう読んでくれましたか？」

「いや、まだ読んでいない。でも十年後こうして君が打ち明けてくれたんだ、今日帰ったら読んでみようと思う」

「それじゃ、今日も二人だけの竜宮城には行けないのですか？」

「ごめん、もう少し待ってほしい。今夜必ずあの玉手箱を開けて、三人の手紙を開いてから返事をするよ」と言った。

マンションに帰った航は、玉手箱のふたを開けた。

母親の手紙は、もう開けて読んでいた。だが玉手箱と書いてある三人の娘からもらった封筒はまだ開けて読んでいなかった。

最初に七海の手紙を開けてみた。

竜宮城の招待券が入っていて、あの雨宿りをした水車小屋の出来事が書いてあった。そして桜のイラストが描かれてあった。

航は、あの小屋のことは本人しか知らないはずだ。すぐに雪絵に電話をして七海の手紙の内容を話した。

雪絵は「そうだよ、小屋の中にいたのは七海だよ」と言った。

「最初に家に送ってもらって、二階の自分の部屋の窓から私はあの小屋の方を見ていた。そしたら突然雨が降ってきて、確かにあなたが七海の手を引いて急いで水車小屋の中に入っていくのが見えていたわ。小屋の中で七海と何かあったの？」

雪絵は嘘をついたのだった。

航が話す、七海の手紙の内容を聞きながら、あのいつも雪絵と杏の背中に隠れていた妹のような七海の姿を思い出していた。

それは、雪絵は航の本当の心を確認したかっただけだった。

電話を切った航は、あの小屋の中にいたのは七海だと思い始めていた。

それから雪絵の手紙を読んでみたが、雨宿りをした小屋のことは何も書いてなかった。やはり竜宮城の招待券が入っていて、その周りに鯛やヒラメが踊っていた。

最後に開けた手紙の名前の深川杏を見て、以前に純一郎が言っていた、鳥取砂丘で会って今は純一郎と交際をしている彼女だ。間違いない。

杏の竜宮城の招待券には、恥ずかしそうに一個のみかんの絵が控えめに描かれていた。三人とも幼稚な手製の「しょうたいけん」が入っていた。改めて十年の時間の経過を実感させられた。

航は杏と三人で会いたいと思い、純一郎に電話をした。

次の日の夜、三人は駅前の喫茶店で会った。

会うなり航は純一郎に謝った。

「以前、十年前に春季村の水車小屋で雨宿りをした娘と会ったと話した時、お前は『中にいた娘は二人だったのか』と聞いたけど、その意味がやっとわかったよ」

そして、

「その娘はお前の交際している杏さんじゃなくて、飯森七海という娘だった。そうだよね？」

と杏にも確認をした。

杏は、「そうです」と答えた。

航は杏の顔をじっと見て、

「手紙のみかんのイラストがとても可愛かった」と言って少し笑った。

だが航は、杏の表情に何か寂しさが漂った気がして気持ちがすっきりとしなかった。

純一郎は帰り道、杏に、

「今日の水車小屋の話だけど、なんで中にいたのは自分じゃないって嘘を言ったの？」と問い詰めた。

「嘘じゃないわ。すべてがおとぎ話の世界の出来事だったのよ」と答えた。そして、本当は中学卒業前に七海から打ち明けられて、彼女が小屋の隙間から見ていたことは知っていたのだと伝えた。

「でも、これ以上この話を続けると、どちらかが嘘を言っていることになるでしょう？　そして七海の心にも傷をつけることになる。私と雪絵と七海の三人が黙っていれば証拠もないはずだから」

純一郎は黙ってうなずいた。

杏はあの頃、妹のように自分たちの背中に隠れていた七海の姿を思い出していた。

だがこの話については、純一郎にも何かすっきりとしないものが心の隅に残った。

その日はそれ以上、その話はしなかった。


それからしばらく七海は病院に来なくなった。

七海は悩んでいた。航が玉手箱の手紙を読んで、自分以外の手紙に雨宿りをしたことが書いてある手紙があれば、自分が嘘を言っていたことがわかってしまう。

悩んだ末、思い切って航の病院に行って、あの水車小屋の話をしようと思った。

航はいつものように診察をして、今日は自分から夜の食事に誘った。

前回の店で七海と会った。

そして航は、七海以外の手紙には水車小屋のことは誰も書いていなかったと言った。

しかし七海は、航が三人の手紙を見て真実を知っていながら黙っているのではないかと考えた。それが怖かったのだ。

航は玉手箱を開けた時のこと、七海以外の二人にも会った時の話をした。

七海はしばらく黙って聞いていた。

航が「君に謝らなくては」と言った。そして、玉手箱の手紙をくれた雪絵と杏に聞いた話をした。

雪絵はあの日、二階の自分の部屋から二人が雨宿りをした水車小屋を見ていたら、七海とあの助けてくれた青年が小屋の中に入って行くのを見たと言っていた。

杏にも聞いたら、確かにあの小屋で雨宿りをしていたのは七海だと話していた。

七海はそれらの話をじっと聞いていた。

「僕はマンションに帰ってもう一度三人の手紙を読んだけど、あの小屋で雨宿りをしたことを書いてくれていたのは君だけだった。それから君の手紙には、僕が君を抱きしめたと書いてあった。それを覚えていてくれてありがとう」

航がそう言うと、突然こらえきれないように七海が泣き出した。

航の言葉か杏と雪絵の話かはわからないが、驚いて見つめる航に、

「ごめんなさい……。今日はさようなら」とだけ言って店を飛び出してしまった。


数日経ってから、杏は本郷航に嘘を言ったことがやはり気になっていた。

杏は雪絵に連絡をして、七海と雪絵と三人で会って話をしたいと言った。

同じ頃、雪絵もやはり航に嘘を言ったことに心を痛めていて、すぐに七海に連絡をしてくれた。

三人が会うのは次の日曜日、京都駅近くのホテルのロビーに決めた。

当日三人は席につくと珈琲を注文したが、なぜかその表情は固かった。

杏は何から話したらよいのかわからなくなって、

「みんな元気だった?」と言った。

雪絵も七海も、「うん」と小さな声でうなずいた。

杏は「これで三人とも航に会えたよね」と言った。

三人はこうして少しの間、再びおとぎ話の世界に帰ることになった。

杏はつぶやくように言った。

「もう大人になっているのだから、社会生活はルールを守らなければならない。友情もその約束も同じだけど、時にはそれを超えてしまうことがあってもいいと思う」

そして杏は、七海に思いきって聞いた。

「どうしてあの水車小屋のことは自分だと言ったの？」

七海はしばらくうつむいていたが、ふいに顔を上げて話しだした。

「二人とも、私の小学校の頃をよく知っているはずなのに、どうして彼に七海の嘘だと言わなかったの？」

「私はあの手紙はもっと軽い気持ちで書いた。その時は少女漫画のヒロインになりたかったの。まさか本当に十年後にあれを開けるとは考えもしなかったから。だから彼が杏も雪絵もあの小屋の中にいたのは私だと言っていたと聞いた時は本当にびっくりした」

七海は何かあっけらかんと話し始めた。

彼とは数回レストランで食事をして居酒屋に行ってお酒を飲んだけど、いつもそれだけで終わった。そして、七海は本郷とは話が合わないと気が付いていた。いつもバンドの同世代の仲間といるので、本郷とは話が全然合わないのだ。だからもう会わないと決めたと笑っていた。

それから最後に本郷と会った時に雪絵との関係も聞いた。

「おめでとう、雪絵」

そして杏が親友の秋吉純一郎と交際していることも聞いていると言った。

杏は、本郷とは鳥取砂丘で会ったが、サングラスをかけて、名前も違ったので気が付かなかったことなど、それまでの経緯を二人に話した。

杏も雪絵と本郷の本当のことは知らなかった。でもこれでよかったのだと思った。

「今日は三人で会って、すべてのおとぎ話は春季村の山の上にしかなかったと気が付いたわ」と杏は言った。

七海が突然時計を見て「もう行かなくちゃ」と言って立ち上がった。

「今日はバンドの練習があるからもう行くね」と軽く手を振ってロビーから出て行った。

もう、あの子供の頃の彼女はどこにもいなかった。

杏はなぜか嬉しかった。七海はもう私たちの後ろに隠れるどころか先頭に立って歩き始めていた。

三

それからしばらくして、航にはついにあの計画のクライマックスが訪れようとしていた。養子縁組をした高城院長が予定どおり、妹である航の母に縁組の解消を提案したのだ。解消の理由は航の女性問題だと話した。

若い女性と同棲はするし、女性の患者さんと夜、二人で飲みに行ったりするし、それで結婚を考えていたある病院の娘さんとの話も破談になったからだという。

その病院の院長は自分の大学時代からの友人で、二人が結婚すれば双方の病院が繁栄すると考えていたのだ。

しかし、現在勉強に行っている病院で、航の良くない噂はますます広がっている。

たまりかねて航を呼んで注意をしたのだが、本人は、「お義父さんだって若い頃は遊んだでしょう」と反論をする始末で、近頃は若い看護師にも毎晩飲みに行こうと誘っているらしいというのだ。

それを聞いた航の母親は、

「お兄さん、それは何かの間違いではありませんか？　あの子は昔から真面目な子でした。いったい何があったのでしょう」と嘆いてみせた。そして、

「もう一度だけ大目に見てやってください、航に今晩連絡をして話し合ってみます。お願いします」

と頭を下げた。

母はその日の夜、航に電話をして、「計画はうまく進んでいる。あと少しで最後の仕上げだね」と話した。

航は雪絵にも連絡をして、

「鳥取の藤原先輩に会って、『もう少しでお世話になりますので僕の仕事のポジションを考えておいてください』と連絡をしておいてね。それと先輩に会った帰りに鳥取市内の不動産屋さんに行って、条件の良いマンションをピックアップしておいて」

と頼んだ。

雪絵は知り合いの紹介で不動産屋さんに早速行って、航の言うとおりの条件で物件を捜すよう頼んだ。そして航は動いた。母から高城院長に連絡をしてもらい、話し合いをすることになった。

「お義父さん、春季村の母から話を聞きました。母は泣いていました。『何かの誤解でしょうと兄さんによく説明をしなさい』と言われました。養子縁組の解消の話も聞きました。お義父さん、それはないでしょう。私はあなたの要望で大学の医学部に進み、そして養子になったのです。だから当然、将来はこの病院の跡継ぎだと思ってがんばっていました」と涙目で訴えた。

「本当は弁護士を目指したかったのはご存じですよね？」と、暗に自分の夢を犠牲にしたことも強調した。

航は高城院長に責任があるというように話を持っていった。

「だから僕はこの病院の院長の椅子は絶対に諦めません。今後は行動に注意をしますので、春季村の母も悲しみますから養子の解消の話だけはやめてください」と、いかにも困ったように言った。

杏が医療関係の会社に勤める津田から聞いていた情報を、雪絵が朝日荘に泊まりに来た時に話したから、航は雪絵からそれを聞いて裏話を知っていたのだ。

高城病院と某有名な病院グループとの話がかなり進んでいるらしいことも知っていた。

そのためには、素行の悪い跡継ぎがいずれ院長になることはまずいのだった。

だから航は、いくら反省の弁を言っても高城院長がいまさら航の立場を元に戻すことはできないと確信していた。

水面下で進めている奥さんの親戚の次の院長候補にも、断ることはできないはずだ。

航は、自分が粘れば粘るほど交渉が有利になることがわかっていた。

一方高城院長は、まさか自分の計画が航に読まれているとは思っていなかった。高城院長は、黙ってしばらく考えてからある提案をした。

「この話の解決金として二千万円を支払う。もちろん今まで出した金も返せとは言わない」

「僕はお金が欲しいのではないのです。母も高城からの遺産は何一つもらっていません。院長から生活費の援助をしてもらっていたことは感謝しています。でも、自分から援助してくださいとは一度も言ったことはないと母から聞いています」

「わかった。それも含めて追加で一千万円、合計三千万円出すから納得してほしい」

航は黙ってしばらく考えて、「悔しいが仕方ありません」と首を縦に振った。

こうして何とか二人の話がまとまり、航は高城との養子縁組解消を承諾して元の「本郷航」に戻るのだ。

最後に高城院長は、「この話は二人だけの秘密にしてほしい」と言った。

航は、「わかっていますよ。開けてはいけない玉手箱を開けたのですから」と言った。

院長はそれを聞いて、「その玉手箱はどこにあるの?」と聞いた。

「それは院長先生もよく知っておられる、あの春季村の麓の『スナック竜宮城』です。最近はあまり乙姫様に会いに行ってないみたいですね。この話も誰にも言わない二人の秘密です」と言った。

院長は航を見て苦笑いをした。

すると航が、「そうだ、その話も今回と同じように秘密の決着をつけておいてはどうですか?」と提案した。

「私が責任を持って百万円で関係がなかったことにするということでどうでしょう?　竜宮城の乙姫さんを私が責任を持って説得します」と持ちかけた。

高城院長は航の顔を見ないで黙ってうなずいた。

航は母親から高城院長と雪絵の母親との関係を聞いていた。もし航の要求を渋ったら雪絵の母親に頼んで京都の高城院長の奥さんに話してもらうと言ったらよいと聞かされていた。

航が院長に挨拶をして部屋を出ようとしたその時だった。後ろから声をかけられた。

「ちょっと待って」

一瞬、自分の作戦が見破られたのではないかとドキッとした。

しばらく沈黙があってから少し小さな声で、

「乙姫さんに会ったら、『最近よくカウンターの一番端で一人で飲んでいる人と幸せに』と言ってくれる?」と言った。

航は、「わかりました。必ず伝えます」と言って部屋を出て、その人は誰だろうと考えた。雪絵から以前、「別れた父さんから最近久しぶりに連絡があった」と聞いた。その人がカウンターの人なのか？

航はみやこ中央病院も退職することに決まった。

だが、純一郎との友情はそう簡単に壊れるものではない。むしろ二人には男の兄弟がいなかったこともあり絆は以前より強くなった。そして純一郎には「先輩の藤原先生が副院長をやっている鳥取の病院に就職先が決まった」と話した。

「前回二人で飲んだ時、報告することがあると言っていただろう。その話だったんだよ。落ち着いたら鳥取の僕のマンションに泊まって山陰方面にスケッチドライブに行こう」

「ぼくも前からあの雄大な大山に行きたいと思っていた」と純一郎が言った。

二人は顔を見合わせて握手をした。

航はその前に、京都で七海との関係をはっきりしなければと考えていた。あの水車小屋の中での出来事が本当に七海の言うとおりなのだろうか？　航はもう一度あの日の出来事を真剣に思い出してみようと考えた。

航の心は揺れていた。春季村の十年前の無垢な少女の心に傷を付けたくない。

でも今は自分には竜宮城の約束に関係なく愛している女性がいる。

そして鳥取に行く前に、七海を以前に会った店に呼び出して話をした。

話し始めるとすぐに七海は、「あの竜宮城は私一人のものではなく、春季村の若者のものだったとわかったわ。杏と雪絵が教えてくれたの。私はこれから大好きなバンドのボーカルに情熱を注ぎたい。私の玉手箱消えてしまったのかも？」と航に言った。

これで航もやっと真実がわかったと思った。

おとぎ話の玉手箱は、乙姫様が決して開けないでくださいと言ったのに浦島太郎が開けてしまった。航がもらった玉手箱も、開けなければ良かったと思った。

そして航は七海と店を出て黙って別れた。彼女の後ろ姿が寂しげに見えた。

部屋に帰り、もう一度だけ手紙を読んでからすべて捨てようと考えた。

そして三通の手紙を改めて読み直した。

あの時、抱きしめて早生みかんのような唇に触れたのは事実だ。特段変わったことは誰の手紙にも書いてなかった。

三通とも空欄のイラストが綺麗に書けている。春季村の子供たちはみんな絵を描くのが好きだったと改めて感じた。雪の多い山村では、それが冬の楽しみの一つだった。

雪絵の鯛やヒラメは、二人がこれから築く竜宮城の周りを泳いでいるように思えた。

七海の桜の絵は、子供ながら妖艶な雰囲気を感じさせる。

杏のイラストに描かれていたのは、なぜか『青く塗られたみかんが一つ』だけだった。それをしばらくじっと見て、航はあることに気が付いた。

そうだ、「早生みかん」だと思った。

子供の頃、九州の親戚が早くできるみかんをよく送ってくれていた。その時に食べた味だと思った。

そうだった、思い出した。あの雨宿りをした水車小屋の中で気を失った少女の唇は、早生みかんに感じられたのだ。

そっと指で唇を軽くなぞって「早生みかん」とつぶやいた記憶が突然よみがえった。

あの小屋の中にいたのは杏だったのだと、やっと気が付いた。

これですべての謎が解けた。

航も今から思えば、あの小屋の外に人の気配を感じていたのだった。

きっと小屋の隙間から覗いていた人物からは、何が行われていたかは薄暗い明かりだったし、航の背中で隠れていてわからなったのだ。

だが杏も雪絵も、小屋の中にいたのは七海だとなぜ言ったのだろうか？

それは、きっと竜宮城の友情だ。七海もこのことに気が付いて友情に感謝をしていたのだ。

航はこのことは自分の胸にしまって、墓場まで持って行こうと決めた。それから玉手箱の一番の秘密は航の母親が書いた手紙だった。その手紙を読んですべてを実行したのだった。

もう一度改めて手紙を処分する前に読み返してみた。あの日の夜、長い時間をかけて母親と話し合ったことを再確認したのだ。

「私の父親はもういないが、兄妹親戚にも私たちの無念を思い知らせてほしい。お前のお父さんが病気になった時も、私は京都に何回も足を運んで、力を貸してくださいとお願いした。あの時、母だけが私の味方になってくれた。そのことは航も覚えているでしょう。お父さんをもっと大きな病院に行かせたかった。でもお金もなかった。お父さんがこの世を去った時も、私の実家からは誰も告別式にも来てくれなかった。結婚を反対した父に気を使ったのだ。なのに、いまさらその父親が経営していた高城病院を、兄に跡継ぎがいないから航にお願いをするなんて勝手すぎる。でも兄は、航が医者になって跡を継いでくれるなら必要なお金は全部出すと言っている」

母はこの提案を利用しようと考えた。ちょうどその頃、あの野犬の事件があって、それを上手くこの計画に組み入れようと考えたのだった。

「私が結婚する時、実家は父も誰も何もしてくれなかった。びた一文出そうとはしなかった。代々続く高城の家の財産はかなりあったはずなのに、みんな父のことを恐れていたんだ。でも、その父もこの世にはいない。航が大学に行く費用ぐらい兄が出してくれたっておかしくないんだよ」

母はそう前置きして計画の具体案を書き始めた。

「今は兄と養子縁組をして医学部に行って、医者になって仕事をしてほしい。そして十年くらい経って兄の方から養子縁組を解消したいと言わせればよい。それには少し芝居が必要だ」

航はその計画を、納得した。それから雪絵の母と雪絵にも事情を話し、将来を約束したうえで協力してもらうという作戦を考えたのだ。改めて読んだ母の手紙は以上のような内容だった。

しかし、十年の間に状況は変化するものだ。

数年前、母の兄に、医学部で同期だった友人から打診が来て、二人は酒の席で話を決めた。それはみやこ中央病院の院長である友人の娘で医者になっている寛子と、高城病院の院長である母の兄の跡継ぎとなった航を結婚させるという目論見だった。

兄からそれを聞かされた航の母は、好機到来とその目論見を利用することになった。

航は春季村の母に休日に呼ばれ、綿密に計画を練った。

「二人の病院の院長は、必ずその医者の娘との交際を勧めて来るから、その時はその娘さんと交際をしてください。そして最後は航が悪者になって、向こうから断られるように仕向けるのです。それにはお前が女性関係で浮名を流して、悪い噂を立てられるようにすればよい。雪絵さんにも協力してもらいます。そのあとはお前が働いている病院で、若い看護師たちを食事に誘ったりして悪い噂をあおるのです。そうすれば誰も引き止めはしないはずだから、どちらの病院も辞めればいい。そして兄は、跡継ぎと養子縁組の解消を言ってくるはずだから、その時には自分の夢を犠牲にしたと主張すれば、あの兄は必ずお金の話を出して来るはずです。そうなったらお前が納得できる金額を要求して、弁護士になって自分の事務所を持つ時の資金にすればいいのです」

母はさらに続けた。

「兄は面子とか病院を大きくすることばかりを考えている人です。跡継ぎが急にいなくなると困るから、きっと次の院長候補を親戚中から探すと思います。だからこの話は誰にも言わないことを条件に、退職金とは別に玉手箱にお金を入れて渡してくれるはずです。それを受け取ったら竜宮城がある春季村に帰り、あの娘たちの夢と同じあなたの夢をかなえてください」

改めて母の作戦はすごいと思った。

兄の弱点を突いた、母の見事な作戦だった。航はそれに従って行動を起こし、十年後に完遂したのだった。改めて手紙を読むまでもなく母と話した計画を実行したのだ。母は十年の月日で航の気持ちが変わらないように、あえてあの娘たちと十年後に開ける約束をした玉手箱を利用したのだった。

一つだけ、母の作戦にはないことがあった。それは兄の高城院長と雪絵の母親のことだった。二人とも数年間は竜宮城で楽しく過ごしたのだった。でも二人の関係をこの計画に利用しなくてよかったと思った。誰も知らないが二人は最後まで玉手箱を開けずに大人の愛を貫いたのだった。

あの高城院長から預かった百万円は、院長からのお礼の言葉と一緒に雪絵の母に渡した。そして院長から頼まれたカウンターの男の話も伝えた。

雪絵の母は、そのお金を見ても何も言わなかった。

航の母は、これで高城の実家が少しは目が醒めればと思っていたが、それはいずれ現れてくるだろう。

玉手箱の四通の手紙は、誰にもわからないようにその日のうちに全部処分をした。

こうして竜宮城の玉手箱はすべて消えてしまった。終わった。

それからしばらくして、航と雪絵は約束どおり結婚式を挙げた。仲人は航の大学の先輩で、今働いている鳥取の病院の副院長の藤原夫妻だった。

あの秋の春季村で、雪絵の家の庭でバーベキューをした次の日の帰りに、雪絵親子が「よろしくお願いします」と言っていたのはこのことだったのだ。

「雪絵、おめでとう」

二人の母親の願いはかなった。

第六章　春季村の葉桜

一

玉手箱を開けたあと、誰にでも現実の時間という平等に配られる二十年の歳月がそれぞれに配達されていた。

航と雪絵は、計画していたように結婚して、今は一人娘と三人で穏やかに暮らしていた。

航はあれから鳥取の先輩の病院で働いていたのだった。

夢だった弁護士を諦めて、医者としてのやりがいを見つけていた。弁護士も医者も人に寄り添い、心と身体の違いはあるが解決をして癒すのは同じだと考えるようになった。

名前も当たり前のことだが高城航から本郷航に戻っていた。

そして八年前に鳥取で本郷医院を開業した。これが航の望んでいたのどかな生活だった。

父が早くこの世を去ったあの悲しい想い出も少しは薄れていた。たまには父が愛した山登りを、母も誘って雪絵と三人で仲良く楽しんだ。

その母も高齢になって一人で暮らすのは困難になり、二年前から老人ホームに入居していた。

航は小さい時から母と二人の生活だったので、精神的にかなり落ち込んでいた。

——本当は引き取って面倒を見たいのだが、自分は医者の仕事があるから無理だ。雪絵に頼んでも、あれこれ理由をつけていい顔をしない。母には申し訳ないが、やはり老人ホームで暮らしてもらうしかない。

航はまともに親孝行もできないのかと思うと、言い知れぬ空しさを覚えるのだった。

そんな生活を送っていたある日、思わぬ事件が起こった。

航の医院に数人の新人の職員が就職した。その中の一人で短大を卒業した山添彩子（やまぞえあやこ）という事務員が、航と浮気をしていたことが発覚したのだ。

それが雪絵の知るところとなり、夫婦は別居をした。

雪絵は悩んだ末に春季村の母に相談に行った。

母は、「その話には何か証拠があるの？」と聞いた。

雪絵は、偶然その現場に遭遇したいきさつを話した。

そしてある日、思い切って航を問い詰めると「知らない」と言って、「そんなに僕を信用できないのか」と言うとマンションを出ていって帰って来なくなった。

「あの人は、母親が老人ホームに入ってから人が変わってしまった……」

「それで、お前は航さんと別れてどうするの？　私も離婚して苦労してきたのだ」と母は心配した。

雪絵は、「もう娘にも話してある」と言った。

「子供も一人前になっているし、今までの貯えも少しはあるから生活の心配はない。だから私は自分で何か商売をやりたい」とも言った。

母は、「何をするにも資金が必要だよ。商売はうまくいかない時もあるから、五百万や六百万では心もとないよ」と諭した。

「航が離婚のハンコを押してくれと言ったら、慰謝料をたくさんもらうつもりだから」

と雪絵は言ったが、母は自分の経験から、

「弁護士に頼んでもそんなにはもらえないよ」

と言い、しばらく黙って何かを考えている様子だった。

「そうだ、お前も覚えているだろう? 昔、あの航さんのお母さんが考えて実行した、相手の方からどうしてもこうしてくれと言わせる方法。それができれば可能性はある。それで、お前はいくらもらうつもりなの?」

「あの時に高城院長からもらって私が預かっている三千万円くらいはもらうつもり。医院の開業資金などは、みんな銀行の融資で賄った」

母は、「それには航さんから『それは全部お前にやるから別れてくれ』と言わせる方法を考えないとだめだ」と言った。

雪絵は、「わかった、そうする。お母さんありがとう」と言って帰っていった。

家に帰ってから雪絵は真剣に方法を考えていたが、ふと思いついたことがあった。

そうだ、以前七海の話が出た時に、航は「あの子は本当にモデルのようなスタイルだった」と興味を持っていたことを思い出した。

「そうだ、七海だ。七海に協力してもらえばいい。最近は歌だけでなく芝居も勉強しているらしいから。たしか七海は今も独身で、白石のバンドで歌を唄っているはずだ。白石と七海は結婚したのではないかという噂を聞いたけど、本当はどうなのか聞いてみよう」

早速、七海に電話をして事情を話した。七海もまだ独身だということがわかった。

雪絵は自分が考えた計画を説明して協力を仰いだ。

「話はわかった。協力してもいいよ。でも彼から連絡がなかったらどうするの？」

「彼の性格は私が一番よく知っているわ。あの人は必ずもうすぐ七海に連絡をするから待っていて」

実は雪絵は以前、彼のシステム手帳を見て、なぜか七海の連絡先があったのを覚えていたのだ。

「あとは悔しいけど、七海の妖艶な魅力を信じるわ。約束は必ず守るから心配しないで」と言って電話を切った。

一方、別居中の航は、雪絵と離婚した場合、慰謝料をいかに少なくするかを考えていた。

――娘も独り立ちして養育費の心配もない。雪絵にももう未練はない。あとは自分の第二の人生をいかに楽しむかだ。

一人暮らしの航は、春季村の竜宮城を思い起こしていた。そして案の定、七海と最後に会った日のことがよみがえってきた。

急に昔が懐かしくなって、昔のシステム手帳を開いた。

手帳をめくると、見慣れない電話番号と記号が目に入った。自分で書いた字ではなかった。

その記号は「七七」だった。それで思い出した。

そうだ、あの喫茶店で七海と最後に会って話をした日、航がトイレに行っている間に、七海がテーブルの航の手帳に連絡先の番号を勝手に書いたのだ。

あとになって、別れ際に言ったあの言葉の意味が、やっと理解できた。

「私に会いたくなったら連絡してね」

「ああ」

航はその時は気のない返事をした。

しかし、月日とともにそんな七海が言ったことなどすっかり忘れていたし、彼女から連絡が来ることもなかった。

「七七」の意味を知ったのは、あの玉手箱の手紙からだった。名前の最後に「七七」と書いてあったのを覚えていて、それで手帳の電話番号も七海が書いたとわかったのだった。

「私に会いたくなったら連絡してね」

――会いたくなったよ。

航は七海に電話をした。そして訳を聞く彼女に「会いたくなったから」と言った。

七海は「雪絵も一緒？」と聞いた。

航は「雪絵とは別居中だ」と説明をした。

七海は内心、雪絵の言ったことは本当だと改めて感心した。

久しぶりに二人は食事をした。航は、

「君がまだ独り身なら、雪絵と別れてから交際をしたい」と言った。

航は、七海から雪絵の情報を得たいと思っていた。

だが、何度も会ううちに、彼女の妖艶な魅力にどんどんはまってしまった。

二人の関係は季節が変化するより早く進展してしまった。

七海は、「二人の離婚に協力するわ。その代わり、もうすぐＣＤを出す予定だから資金を百万円ほど援助してほしいの」と航に言った。

「わかった。その代わりしっかりと雪絵の情報収集をしてほしい。そしてすべてが終わったら、僕と結婚してくれないか」

「考えておくわ」

七海はそう言って笑った。

それから七海は雪絵と会って離婚の条件を打ち合わせた。

だが、それは航の思っている条件をはるかに超えていた。

雪絵の要求はかなり強気だった。まず、昔、高城院長からもらって雪絵が保管しているお金は半分もらう。そして住んでいるマンションは、売却予定価格相当の半分を現金でもらう。もしくは預かっている三千万円を全部もらうかどちらでもいい。もしその条件で駄目なら絶対にハンコは押さない、と提示した。

「裁判も辞さないと言っていたわ」と七海は航に伝えた。そして、

「お互い独り身だから、早くこの話を終わらせて楽しく過ごしましょう。私はハワイにでも行きたいわ。あなたはお医者様だから、それなりの収入があるでしょう」と言った。

雪絵が思っていたように、航は七海の魅力にはまっていった。だから一日も早く離婚を成立させたかった。

七海も航に、「条件を飲んだら？　私が責任を持って雪絵に離婚届にハンコを押させるから」

と迫った。

航は自分が絶対的に不利なことを再認識させられていた。

まるで自分が昔、高城院長とした交渉話のブーメランだと思った。

「話はよくわかったが、娘のことが気になるので気持ちの整理をしたい。だから雪絵にはまだ言わないでほしい。それから相手の要求は承諾した。だからこちらの要望も聞いてほしい。一つは娘の結婚式には父親として出席させてもらう。そしてもう一つは老人ホームの母には離婚をしたことは秘密にする。その二つがこちらの条件だ」と七海の顔を見ながら苦笑いをした。

二

その頃、雪絵と航の夫婦の状況とは全く反対に、杏と純一郎は結婚二十周年の記念に、杏が提案して春季村の麓の温泉旅館に向かっていた。

純一郎もベテランの美術教師になっていた。

二人は車で温泉町に向かっていたが、その日はなぜか杏が運転したくなって、久しぶりにハンドルを握った。

宿に行く前に、杏の実家と七海の家、そして今も元気に一人で暮らしている雪絵の母親の家に寄って、京都の土産を渡すつもりで春季峠を走っていた。

偶然その日は、あの若い頃に愛車に乗って一人で春季村に帰った時と同じ、春の土曜日だった。

懐かしい桜の峠道をゆっくりと走っていたら突然、バックミラーに赤い車が現れた。

そしてその車に連続クラクションで追い立てられたので、慌てて車を端に寄せて先に行かせた。

若い女性が一人で運転している赤いスポーツカーだった。

杏は、昔のよく似た光景を思い出した。

三人のそれぞれの家に挨拶をして土産を渡すと、二人は再び麓の温泉町に向かい、宿に入って温泉旅館でくつろいだ。

食事の前にゆっくりと露天風呂に入った。

杏は子供の頃にこの近くのスナックで働いていた雪絵の母親のお客さんで老舗の大きな旅館の御主人がいたので、その人に頼んで、空いている時間に何回か子供たち三人で露天風呂に入れてもらったことを思い出した。

三人の子供たちは大きくて温かいお風呂に、「これは天国のお風呂だ」と大はしゃぎをしていた。そんな昔のことが昨日のように懐かしく思い出された。

湯船にもたれ夕暮れの空を見上げると、春季村に向かって山雀が数羽飛んで行った。

食事まで少し時間があったので、杏は純一郎を湯本まで散歩に誘った。

宿を出て、立ち並ぶ歴史を感じさせる旅館の風情を楽しみながら、湯本まで心地よい下駄の音を響かせながら歩いた。

源泉から立ちのぼる湯けむりが、おとぎ話の玉手箱を開けた時の煙のように見えた。

湯けむりの向こうに、あの子供の頃の雪絵と七海の顔が見えたような気がした。

旅館の近くまで帰って来ると、薄暗くなった路地の奥に、古びた看板の明かりがぼんやりと見えた。どうやら温泉客相手のスナックのようだ。

これが歴史のある温泉街の素敵な情緒だと感じられた。

よく見ると、店の名前は「スナック竜宮城」だった。

杏は久しぶりに少し甘えた声で、「食事の後でこの店に来たい」と言った。

夕食を終えた杏と純一郎は、宿を出ると久しぶりに仲良く腕を組んで歩いた。

懐かしいデートをしていた若い頃の幸せな気分になって、自然とあの日のように歩幅がそろった。

ふと見ると、店の近くにあの峠で追い越して行った赤いスポーツカーが駐車してあった。

それを横目で見ながら店に入ろうとすると、なぜか入口に「満員御礼」の札が掛かっていた。

しかし、時間的にもまだ開店直後なのだろう、ドアを開けると店の中には一人の客もいなかった。

カウンターの中には、この店のママらしい人とアルバイト風の子がいて、開店の準備をしていた。

「ようこそ竜宮城へ」

ママが振り向きながら言った。まだ若く、目鼻立ちのはっきりとした現代的な美人だった。

二人は若い頃のように仲良く寄り添ってカウンターに腰掛けた。

純一郎がビールを頼み、杏も同じものを頼んだ。

杏はビールを一口飲んで、

「楽しいお店の名前ですね」とママに話しかけた。

ママは笑いながら、

「この温泉の近くの山村に、昔、竜宮城があったと父親から聞いていたので付けた名前なんですよ」と、説明してくれた。

杏は「お父さんのお名前は?」と聞いた。

「青木健と言います」

それは、福知山で自動車の修理工場をやっていた青木さんだ。

「もしや、あなたは青木春香さんですか？」

「ええ、そうですが……。どうして私の名前を知っていらっしゃるのですか？」と不思議そうな顔をした。

「私はあなたが赤ちゃんの時に一度お会いしています。お父さんの修理工場でお世話になったことがあって、同じ春季村の生まれだと知って親しくなりました。その時にお母さんにあなたの名前を教えてもらったんです」

そして杏は、自分も中学まで春季村に住んでいたと言った。

「お父さんは、今も仕事をがんばってやっておられるの？」

「父は、今から二年ほど前に体を壊して春季村に帰っています。村の人の車の簡単な修理をしながら、猫の額ほどの畑を耕して毎日楽しんでいます。村の空気が何よりの薬なのでしょう。最近は日増しに元気になって来たようです」と言って笑った。

そして、店の名前の由来を詳しく説明してくれた。

「この店を開店する時、父が自慢げに『この村には昔、竜宮城があった』と言っていたので付けた名前ですが、近頃店が暇なので、ある人から『昔、春季村の坂本さんという方がこの辺のスナックで働いていて、その時は連日盛況だったよ』と聞いてアドバイスをもらいに行きました」

それはさっきお土産を持っていった雪絵のお母さんだ、と思った。

「坂本さんは、今は村に一人で住んでおられるのですが、娘さんの雪絵さんという方が、最近、鳥取市内に『玉手箱』という名前の居酒屋を開店されたと聞きました。私は坂本さんのお母さんから、いろいろなアドバイスをもらいました。まず、地元の常連さんが来られたら、『お帰りなさい、浦島太郎さん』と声をかけると面白いよ、と教えてくれました。店でそうしてみると、本当にそれが評判になって、地元の人がよく来てくださるようになったのです。それと、『もう一つ大事なことがある。山の上の春季神社にお願いして、そこの倉庫に今も残っている〝満員御礼〟のお札を借りて、入口のドアに掛けなさい』と教えてもらいました。そのお札は、たくさんのお客さんが店に来てくれてありがとうの感謝の気持ちを表すお札なんです。『それが一番大事なことだ』と教えてもらいました。早速その日から店の入口のドアに掛けています」

その時だった。入口の「満員御礼」の札の効果か、七、八人のお客さんがにぎやかに入って来た。全員が旅館の同じ浴衣を着ていた。

数人の客は「なんだ、満員御礼じゃないぞ?」とつぶやきながら奥のテーブルに座った。そして楽しそうにビールで乾杯を始めた。まるで旅館の宴会の続きをしているようだった。

電話が鳴った。ママが思わず「満員御礼です」と言って、慌てて「竜宮城です」と言い直した。そして、「はい、旅館にお泊まりのお客さん五人様ですね。お待ちしています」と言って杏を見て笑った。

それからママが「そうそう」と言って、

「半月ほど前、昔、春季村に住んでいたというご夫婦が来られましたよ。ご主人は『鳥取市内で医者の仕事をしています』と話しておられました」

すると、店の奥でおつまみを作っていたアルバイトの子が、

「その奥さんはほんとに歌が上手で、プロじゃないかと思ったくらいでしたよ」と大きな声で言って笑った。

ママもそれを聞いて、

「観光客の団体様が帰った後で、そのご主人が奥様に『いつもの曲を歌って』と言って盛り上がっていましたね」

杏は、「その男の人の名前は？」と尋ねた。

ママは、

「ああ、『最近よくこちらの方に来るので』と、ウイスキーのボトルをキープしてくださいました」と言うと、カウンターの中のボトル棚を指さして、

「これです」と教えてくれた。そこには「ワタル」と書いてあった。

杏も純一郎も、航が来たのだと思った。純一郎は興味がわいてきて、

「たぶん僕の知り合いだと思うんで、差し支えない範囲で二人がどんな話をしていたか教えてもらえませんか?」と聞いた。

「そうですねえ……、奥様が歌い終わってから、二人で何か小声で話をしてましたね。私もあまり内容は聞こえなかったのですけど、『相手の条件はそれだけ』とか、よくわからない話をしていました。

私も、何か聞いてはいけない話かもしれないと思って、後ろを向いてボトルの整理とかしながらアルバイトの子に声をかけたりして、わざと聞こえていないふりをしていました。

印象に残ったのは、奥様がたしか『あなたがいつかきっと私の心の玉手箱を開けてくれる日が来る』とか、『絶対に開けないと言っても開ける日は必ず来るのよ』とか言っていて、何か劇団の芝居のセリフの練習でもしているのかと思いましたよ」

それを聞いて、純一郎も杏も首を傾げたが、それでも間違いなく本郷航と雪絵だと思った。

杏が純一郎に、

「雪絵は積極的な性格だから、子供の頃から人前でよく歌っていたのよ」

と言い、ママに、

「その奥さんの名前は雪絵と言ってませんでしたか？」と聞いた。

するとﾞ、横からアルバイトの女の子が、

「ご主人は名前では呼ばず『お前』と呼んでいましたね。私の父も母親を『お前』と呼んでいたので、一緒だと思って覚えていました。なぜ男の人は偉そうに『お前』と呼ぶのでしょうね」と言って笑った。

「でもその奥様はとってもスタイルがよくて、最初はモデルさんかと思いました」と付け加えた。

ママが話を続けた。

「それからお二人は奥のボックス席に移られて、何か深刻な顔でお話をされていましたが、しばらくすると時計を見てお会計をされました。私も店の出口までお見送りをさせていただいたのですが、その時に奥様が、『早く決着をつけてね』と言っているのが聞こえました。ご主人も『うん、気持ちの整理がついたよ』とおっしゃられていました。何かお悩みのことがあったのかもしれませんね」

それは杏たちにもよくわからない話だった。

純一郎が「もうこんな時間だ」と言って、ママにお礼を言って店を出た。

宿に向かいながらも二人は無口になって、それぞれ自分で推理をしていた。

翌日、杏たち二人は朝からゆっくりと露天風呂を満喫してから、二人が初めて会話をした鳥取砂丘に向かった。

砂丘に着くなり、純一郎はいつものようにスケッチブックを取り出した。

杏は純一郎に、「たまにはスケッチをしないで歩きましょう」と言ったが返事がなく、黙ってスケッチブックに向かっていた。

杏はあの日と同じように、靴と靴下を脱いで両手にぶら下げて海辺まで歩いた。

戻ってくると純一郎が、「プレゼントだよ」と言って、杏と初めて会った頃の似顔絵だと言って渡してくれた。

純一郎は、風景を描かずにあの日ここで初めて杏に会った時の印象を描いていたのだ。

「私、こんなに若かったのね。可愛いわ、ありがとう」

やっぱり帰りは、懐かしい春季峠にもう一度立ち寄ってから京都に帰ることにした。

峠道を登り、てっぺんの航と二人で雨宿りをした橋の袂の水車小屋の横まで来た。

あの昔と同じ俄雨が降って来たと感じた。

杏は夢の世界と現実の世界を、この瞬間に乗り越えた気がした。

あの日、水車小屋の中で航が杏を抱きしめて見た「早生みかん」の青い色は、二人だけの秘密だから誰にも教えない。

航はきっとあの小屋で杏が気絶したふりをしていたのは気が付いていたと思う。

純一郎が「あの水車小屋は懐かしい？」と杏の顔を見て何か意味ありげに聞いた。純一郎は、早生みかんの甘ずっぱいさわやかな味は知らないはずだ。

だが純一郎にはもっと素敵な峠の葉桜が見えた気がした。

その時には車はもう峠を下りて京都に向かっていた。

杏が京都に帰って平凡な生活を送っていた頃、日本海の白波が見える夕暮れのホテルのロビーで雪絵と七海の二人は会っていた。

「七海、離婚のこと、いろいろありがとう」

「うん。意外とうまくいったね」

「一つだけ教えてくれる？　彼になんて言ったの？」

「『私は奥さんのいる人とは交際しないの』と言っただけよ。本当はどちらでもいいのだけど」

と七海はうそぶいた。

雪絵は少し笑って、鞄から封筒に入ったお金を取り出すと、

「約束のお金だよ」とさりげなく渡した。

「ありがとう雪絵。今の気分は？」

「最高に爽快な気分だよ」

それを聞いた七海は笑いながら立ち上がり、ホテルを出て車が待っている方に歩いていった。

後ろ姿をロビーの大きな窓ガラス越しに雪絵は見ていた。

岬の丘の上に見える白亜のホテルに行くようだ。運転席の男性の顔は、はっきりとは見えなかった。

きっと二人だけの竜宮城がそこにあるのだろう。

車のブレーキランプの光が徐々に小さくなっていった。

相手は誰だろう?

白石だろうか?

運転はしないと以前から彼は言っていたはずだ。

あの白い車はどこかで見たような気がした。津田が春季村に乗って来た車とよく似ていた。

そんなはずはないもう二十年も前のことだ。

そうだ、きっと「浦島太郎」だ。

だとしたら、必ず玉手箱を開ける日が来るはずだ。

竜宮城の窓にも柔らかな朝日が差し込んできた。男は横に寝ている七海の姿を見て、もう山雀はどこにも飛んでいないと気が付いた。

玉手箱の中をそっと覗いてみたくなった。でも今はそんな勇気はない。

昔の輝かしかった時代も最後に玉手箱を開ければ何もないのだろう。

いずれ振り返ると、自分の時間はこんなに孤独だったと知ることになるのだろう。

平凡な杏と純一郎は今年も穏やかな新年を京都で迎えていた。

今年も七海からの年賀状が届いていた。正月は彼とハワイにいますと書いてあった。やっぱり七海はハワイが好きだ。

純一郎が「今年は誰と行っているのかな?」と聞いた。

「知らない。誰かがまた玉手箱を開けておかしな夢を見ているのよ」と杏が言った。

著者プロフィール

多地 治雄（たち はるお）

1947年京都市生まれ。会社役員。
大阪学院大学経済学部卒。
趣味：ドライブ旅行。

【著書】
『爽快隔世遺伝』2019年、幻冬舎

爽快竜宮城

2023年２月15日　初版第１刷発行

著　者　多地 治雄
発行者　瓜谷 綱延
発行所　株式会社文芸社
〒160-0022 東京都新宿区新宿1－10－1
電話 03-5369-3060（代表）
03-5369-2299（販売）

印刷所　図書印刷株式会社

ISBN978-4-286-27044-9